O CASO DOS FALCÕES-PEREGRINOS

Severino Rodrigues

O CASO DOS FALCÕES-PEREGRINOS

1ª edição
2019

CORTEZ EDITORA
Rua Monte Alegre, 1074 – Perdizes
05014-001 – São Paulo – SP
Tel.: (11) 3864-0111 Fax: (11) 3864-4290
cortez@cortezeditora.com.br
www.cortezeditora.com.br

Direção
José Xavier Cortez

Editor
Amir Piedade

Preparação
Isabel Ferrazoli

Revisão
Alexandre Ricardo da Cunha
Gabriel Maretti
Rodrigo da Silva Lima

Edição de Arte
Mauricio Rindeika Seolin

Obra em conformidade ao
Novo Acordo Ortográfico da Língua Portuguesa

Dados Internacionais de Catalogação na Publicação (CIP)
(Câmara Brasileira do Livro, SP, Brasil)

Rodrigues, Severino
O caso dos falcões-peregrinos / Severino Rodrigues. – 1. ed. – São Paulo: Cortez, 2019.

ISBN 978-85-249-2746-1

1. Ficção 2. Ficção infantojuvenil 3. Ficção policial e de mistério I. Título.

19-28395 CDD-028.5

Índices para catálogo sistemático:

1. Ficção: Literatura infantojuvenil 028.5
2. Ficção: Literatura juvenil 028.5

Maria Alice Ferreira – Bibliotecária – CRB-8/7964

Impresso no Brasil – agosto de 2019

Era minha ambição inventar *[...] um*
mistério que ninguém conseguisse resolver.
Agatha Christie

Mas temos vários fios em nossas mãos, e é provável que um
ou outro deles nos guie até a verdade. Podemos perder tempo
seguindo o fio errado, porém, mais cedo ou mais tarde,
daremos com o certo.
Sir Arthur Conan Doyle

Sumário

1

O voo do falcão

Ele voltou.

E, em meio às pessoas que caminhavam apressadas pela rua, passava despercebido. Ou nem tanto. Afinal, usar uma jaqueta preta de couro ao meio-dia não era a melhor escolha. Mas ele não se preocupava com o calor. Até sorria. Estava orgulhoso do falcão estampado às costas. Além disso, já estava mais do que na hora de retornar ao trabalho.

Graziela olhou para o relógio de parede. Faltavam ainda cinquenta minutos para o almoço. No entanto, o estômago roncava. Juntou o cabelo cacheado e longo e jogou-o do lado esquerdo do pescoço magro. Depois, desbloqueou o celular. Estava lendo as bobagens dos diferentes grupos de que participava quando sentiu uma presença à frente. Ao levantar o rosto, levou um susto. Um falcão a encarava.

– Que brincadeira! – reclamou a vendedora da loja de fantasias e artigos para festas. Não era a primeira vez que um engraçadinho fazia isso. – Essa custa...

O valor ficou engasgado na garganta. O homem de jaqueta preta e máscara de falcão havia sacado um revólver.

– Não grite e nem reaja. O dinheiro! Rápido!!

Trêmula, Graziela abriu a gaveta, mas não precisou pegar nada. O ladrão tão veloz quanto um pássaro agarrou as notas e o celular da vendedora. E, da porta da loja, avisou antes de sair:

– Ah, gostei desta máscara. Vou levar. E, quando a polícia chegar, diga que o voo do falcão-peregrino está de volta.

2

Eles voltaram!

Tonight / We are young / So let's set the world on fire / We can burn brighter / Than the sun / Tonight...

– E com *We are young*, da banda Fun., com participação de Janelle Monáe, ficamos por aqui. Sou Viktor Rodrigues, do *Onda Jovem*, seu programa de fim de tarde! Rádio Veneza FM, o melhor da música ao seu ouvido! Ah, quem chegou agora pode conferir o *link* da nossa transmissão ao vivo no meu perfil nas redes sociais. E me sigam, é claro, para ficar por dentro das promoções e novidades. Aguardo vocês amanhã, pessoaaal! Aquele abraço apertado!

Luan, o técnico e operador de som, colocou a aba do boné para trás e fez sinal de positivo. Viktor retirou os fones.

A porta do estúdio se abriu, dando passagem ao seu Adalberto.

– Muito bem, Vik! Muito bem! – cumprimentou com um aperto efusivo no ombro do jovem locutor. – Continue assim, meu rapaz!

Seu Adalberto Machado, o dono da rádio Veneza, era o radialista mais conhecido da cidade. Tinha mais de cinquenta anos de experiência como locutor, a voz bastante grave, além de se mostrar sempre sério. Um verdadeiro medalhão, conhecido pelo epíteto de "o homem das notícias" por comandar o *Hora da Notícia*, programa noturno de notícias e reportagens que passava antes do tradicional *A Voz do Brasil*. Já Viktor tinha apenas quatro meses como apresentador de rádio. Era o mais novo da equipe. Dezesseis anos e uma cicatriz sobre a sobrancelha direita. Com carisma e voz potente, o rapaz conquistava audiência crescente nos fins de tarde. A ideia do seu Adalberto, de um programa exclusivamente para jovens a fim de trazê-los de volta ao rádio, parecia dar certo.

– Meu pai já chegou? – perguntou Viktor. – Ele falou que viria me buscar hoje.

– Vicente não consegue largar essa rádio nem mesmo nesses quinze dias de férias que tirou – brincou seu

Adalberto. – Mas ele ainda não chegou. Não mandou nenhuma mensagem?

– Não, nenhuma – respondeu o rapaz, verificando o celular.

Apressada, Camila entrou no estúdio:

– Pai, tenho uma pauta para o senhor!

Camila, a filha do seu Adalberto, era coordenadora da programação artística da emissora, mas acabava fazendo um pouco de tudo. Vivia mudando a cor e o corte dos cabelos.

– O que houve? – quis saber seu Adalberto.

– Júlio ligou. Um posto de conveniência e um ônibus foram assaltados. Ele já apurou os fatos e vamos incluir a notícia no programa de hoje.

Júlio era o repórter de rua responsável por enviar os furos de reportagem para a rádio.

Seu Adalberto soltou um suspiro:

– A violência nesta cidade só aumenta.

– Mas tudo indica que foram cometidos pela mesma pessoa!

– Como assim? – se interessou Viktor.

– Eh... – Camila gaguejou, parecendo notar somente naquele instante a presença do rapaz. – Ainda não temos certeza... – tentou desconversar. – Ah, Vik, seu pai falou pra você não esperar por ele e ir direto pra casa.

– OK! Então, partiu! – colocando a mochila nas costas, Viktor acenou para Luan: – Até amanhã, pessoal!

O operador de som girou o boné de volta à posição normal e perguntou:

– Afinal, os crimes foram ou não foram cometidos pela mesma pessoa?

O rapaz magro, que só usava camisas largas, era responsável pela manutenção dos equipamentos e pela biblioteca de áudio, com as músicas, vinhetas e tudo mais que tocava na programação.

– Acho que sim – respondeu Camila. E, em seguida, ela fitou o rosto do pai. – Duas pessoas, uma de cada local dos assaltos, contou ao Júlio que o ladrão usava uma jaqueta preta com um pássaro estampado às costas.

– Um falcão-peregrino – sentenciou o dono da rádio Veneza.

No ônibus, Viktor respirou aliviado ao conseguir um assento livre à janela. Pegou o celular e ligou para Agnes, sua namorada.

– Oi, Vik. Parabéns pelo programa de hoje.

– Você escutou?

– Sim, sim...

– Legal! E que tal a gente sair mais tarde? Comer alguma coisa?

– Não tô muito a fim, não... E suas aulas?

Viktor, à noite, fazia o curso técnico de rádio e TV.

– Esqueceu que te falei que não vou ter aula hoje? Então, quer que eu leve algo aí?

– Esqueci... Mas não, não. Não precisa se preocupar.

– Sério? Você tá bem?

– Tô.

– Sua voz tá estranha... – comentou o rapaz.

– Impressão sua.

– Não é não – ele rebateu. – Aconteceu alguma coisa? Você sabe que pode falar...

– Briguei com minha mãe.

– Eita!

– Pois é... Mas foi besteira.

– Então, mais um motivo pra gente sair, se distrair e namorar um pouquinho.

– Não, Vik... Hoje, não...

– A briga foi só por besteira mesmo? Tá parecendo que foi feia... Ou aconteceu alguma outra coisa e você não quer me contar?

– Não! Não é nada disso. E já combinei com Manu pra ela vir pra cá daqui a pouco.

– Hum... Tá... OK...

– Não fica chateado, Vik. Beijo. Te amo.

– Outro. Também te amo.

Agnes desligou o celular e do jeito que estava se deixou ficar esparramada no sofá, alisando o sinal no braço esquerdo.

– Por que você tá mentindo pro seu namorado? – perguntou André na cozinha.

A garota não havia reparado que o irmão saíra do quarto enquanto ela conversava com Viktor.

Agnes tinha quinze anos, embora em altura fosse menor que o irmão, um ano mais novo. Agnes parecia com o pai, e André com a mãe. O garoto tinha a barriga um pouco saliente, o que o incomodava.

– A gente nem viu nossa mãe direito hoje – ele começou. – Vocês não têm nem dois meses de namoro e já tão em crise?

– Vai cuidar da sua vida, André! – ela atirou uma das almofadas no irmão.

– Vou voltar pro meu quarto – ele avisou, jogando a almofada de volta.

Em seguida, Agnes ligou para Manuela.

– Manu, você tá onde?

– Saindo do balé.

– Vem pra minha casa, por favor – pediu.

– Tá, tá! Já vou praí!

– Não pode ser... Isso não é coincidência...

Coçando a barba negra bem aparada, Maurício relia cada um dos boletins de ocorrência da tarde em sua sala. Afrouxou a gravata. O delegado tentava entender o que havia acontecido.

Esperava, no entanto, a confirmação que pedira. A prova de algo que no fundo ele admitia como certa.

– Foram quantos anos? Dez?

Alguém bateu na porta.

– Pode entrar – autorizou.

Era Eliana, sua secretária, que trazia uma caixa de papelão. Acima da caixa, alguns papéis.

Maurício estranhou a presença daquele objeto.

– O que é isso?

– Deixaram na frente da delegacia. Está escrito aqui que é para o senhor.

– Abandonam uma caixa na frente da delegacia e você me traz? Cadê os...

– Foram os policiais da recepção mesmo que me pediram pra entregar ao senhor.

O delegado ficou intrigado. Levantou-se e pegou os papéis enquanto ela depositava a caixa sobre a mesa.

– Como eu esperava! – exclamou Maurício. – Ele está na lista dos fugitivos de ontem da penitenciária... – e se voltando para a secretária: – E essa caixa? Abra logo!

Ela destampou. E o delegado reconheceu os itens do seu conteúdo.

– Isso é provocação! – Maurício esmurrou o tampo da mesa de mogno.

Dentro da caixa de papelão havia dez objetos. Sete estavam mencionados nos boletins de ocorrência feitos durante aquela tarde. Provavelmente os outros três eram de pessoas que não prestaram queixa.

– Ele voltou, delegado – disse a secretária num tom que não afirmava, muito menos interrogava.

– Eles voltaram – Maurício corrigiu.

– Hã? – Eliana não entendeu. – Eles? Por que o plural?

– Raphael e o líder.

– Ele não era o líder?

– Nunca foi – interrompeu o delegado. – Mas desta vez eu vou descobrir quem ele é. Vou desvendar o verdadeiro cabeça dos Falcões-Peregrinos!

3

Ataque noturno

– Cadê você, Manu?

– Oi, Agnes! Me atrasei um pouco. Mas estou chegando...

– Tá legal. Te aguardo. Beijo.

– Beijo.

Assim que desligou o celular, Agnes escutou uma voz atrás de si.

– Manu vem?

Era André. Mais uma vez.

– Que saco! – a garota se sentou furiosa no sofá. – Para de escutar as minhas conversas!

– Foi mal! Foi mal! Só vim pegar um biscoito – defendeu-se o irmão. – Vou voltar pro meu quarto.

– O que você tá fazendo?

– Assistindo *Homem de Ferro 3*.

– De novo?!

– Desta vez vou *maratonar* todos os vinte e dois filmes da Marvel.

– Como é que você aguenta? Não tenho paciência pra *maratonar* série, filme... Nada!

– Cara, são os Vingadores!

Agnes revirou os olhos. Ela tinha um irmão *nerd*.

Seu Adalberto saiu do estúdio. *A Voz do Brasil* começava. O dono da rádio Veneza caminhou lentamente pelo corredor rumo à copa. Lá encontrou Camila.

– Filha, Vicente deu notícias?

Distraída, digitando no celular, ela levou um susto que quase a fez soltá-lo.

– N-não, não... Ainda não consegui falar com ele, pai. – e, deixando o aparelho sobre a mesa, apontou para a janta improvisada. – Pedi *pizza* pra gente.

– Certo... Vou fazer uma ligação e já volto.

Assim que o pai se retirou, Camila se apressou em pegar o celular de volta. Fez uma ligação.

– Segunda-feira, 2 de maio.

– Está no ar a sua voz.

– A nossa voz.

– *A Voz do Brasil*.

Na rádio do ônibus, o tradicional programa do Governo Federal se iniciava. Na tela do celular de Manuela, a foto que Nando acabara de postar: óculos escuros, o topete de sempre e o sorriso perfeito.

Após curtir, escrever "Lindo!" e escolher um coraçãozinho para completar o comentário, a garota desconectou a internet a fim de economizar o restinho do pacote de dados. Depois, olhou pela janela, verificando o trecho onde se encontrava.

"Se eu for esperar o ônibus dar a volta, vou chegar muito tarde", pensou.

Ela já estava há um bom tempo ali presa no engarrafamento. O ônibus avançava lentamente. O celular tocou.

– Oi, Agnes! Um segundo! Já retorno.

Manuela se levantou e apertou o botão, pedindo para descer. A cordinha ficava um pouco alto para ela. Enquanto esperava o motorista abrir a porta, deu uma olhada nos cabelos ruivos e curtos refletidos no espelho traseiro. Desceu.

Em seguida, fazendo sinal para os carros, a garota atravessou a avenida. Já passavam das sete da noite, e a bailarina decidiu ir por baixo do viaduto mesmo para encurtar caminho. Àquela hora, não deveria ser tão perigoso assim. Ligou para Agnes.

– Amiga, tô chegando. Não falta engarrafamento a essa hor...

Agnes escutou um barulho estranho do outro lado da linha.

– Manu?

Não houve resposta.

– Manu? Alô? Alô? Manu?

A ligação foi encerrada. Agnes tentou retornar, mas deu fora de área ou desligado. Tentou de novo. Mesma mensagem.

Assim que chegou em casa, Viktor tentou ligar para o pai mais uma vez. Chamou, chamou, mas ele não atendeu. Gravou uma mensagem:

– Seu Vicente, se fosse eu que passasse o dia inteiro sem dar notícias, levaria um esporro. Agora, o senhor pode, né? Acabei de chegar em casa. Câmbio.

Vicente, pai de Viktor, era o apresentador do *Amor e Música*, que invadia as noites e madrugadas da Veneza FM. O programa tocava os grandes sucessos românticos do momento e das antigas, divulgava o número de telefone dos ouvintes que queriam conhecer novas pessoas, além de traduções e recadinhos amorosos. Só que o pai, aproveitando seus quinze dias de férias, não parava em casa. Os programas transmitidos pela rádio durante esse período eram gravados.

Viktor, que era quase a cópia do pai quando mais novo, colocou o jantar congelado no micro-ondas, ligou a TV e procurou no sofá o console do *PlayStation*. Recordou a ficha de exercícios de Física.

– Ih... Mas antes uma partidinha de FIFA pra desestressar!

O telefone do apartamento tocou. Atendeu:

– Alô?

Silêncio total.

– Alô? Alô? Pai?

Desligaram.

– Eu, hein!

A campainha soou insistentemente. E a voz de Manuela também.

– Agnes! Agnes!

A amiga não costumava chamar depois de tocar a companhia. Muito menos com a voz aflita.

Agnes correu para a porta da casa e, ao abrir o portão de ferro, deu de cara com Manuela, chorando.

As amigas se abraçaram com força. André apareceu preocupado:

– O que houve?

Quando Manuela ergueu o rosto, Agnes viu o corte no lábio inferior da boca da amiga.

– F-ui assaltada... – ela conseguiu responder apesar do nervosismo. – Um homem de jaqueta preta levou meu celular novo...

Com os pés em cima da mesa de centro, Raphael folheava uma edição antiga, de capa dura, de um livro de fábulas. O celular recém-roubado, mas com novo *chip*, tocou.

Ele atendeu, contudo, a voz do outro lado da linha não deu tempo para sequer um "boa-noite":

– Já enviou os presentinhos para o nosso amigo delegado?

– A essa hora ele deve estar se mordendo de raiva – riu Raphael. – O delelerdo vai pirar!

– Muito bem! Muito bem! Agora, por favor, vê se joga essa jaqueta preta fora. Essa sua marca registrada só vai chamar atenção.

– É a minha jaqueta da sorte! Lembre-se de que naquele dia triste nosso assalto só deu errado porque saí sem ela.

– Você e suas manias. E eu não sei por que guardei essa porcaria pra você.

– Porque, depois de todo o dinheiro que roubei, era o mínimo que você poderia guardar pra mim.

– Falando nisso, e o dinheiro?

– Guardadinho. Mas não vamos ficar só com essas ninharias, né? Hoje à noite vamos voltar a agir como gente grande?

– Isso. Mas tenha calma. Mais tarde chego por aí. E, amanhã, como combinado, a cidade vai acordar com uma surpresinha.

– É assim que eu gosto! E, com Maurício na nossa cola, vai ser muito mais divertido!

– O delelerdo quer a todo custo descobrir quem eu sou. Mas sei guardar segredo.

– E, enquanto todas as provas estiverem contra mim, ele não poderá provar o contrário.

– E é bom que continue assim. Ninguém pode descobrir minha identidade.

– Já pensou como sairia em todos os jornais? Extra! Extra! Radialista da Veneza FM é líder dos Falcões-Peregrinos!

4

Novatos e veteranos

No Colégio Manuel Bandeira, muitos alunos ainda não sabiam o que ocorrera durante a madrugada de segunda para terça. Mas Viktor, sim.

Enquanto colocava a mesa do café, Vicente, pai do jovem locutor, pediu ao filho que evitasse ir ao centro, pois as coisas estariam bem agitadas por lá. Três bancos haviam sido assaltados durante a madrugada. Os caixas eletrônicos foram explodidos.

O rapaz sentiu que o pai queria contar mais alguma coisa. Mas Vicente não disse nada e Viktor também não insistiu. Na véspera, quando foi dormir, o pai ainda não tinha chegado.

Agora, sentado no birô dos professores, com fones nos ouvidos, escutando o *Dia Bom* da rádio Veneza, Viktor observava os colegas de sala entrando. Uns vagarosos, outros mal-humorados, alguns sonolentos, poucos animados. Mas quase todos conversando e mexendo nos celulares. O rapaz não escutava nada do que falavam, pois o som alto nos ouvidos não permitia. Só adivinhava.

Manuela, a melhor amiga de Agnes, entrou discretamente com o rosto baixo e foi se sentar em sua cadeira. Carol, a *blogueirinha* da turma, como até ela mesma se intitulava, tirava uma *selfie,* fazendo biquinho. Nando, que só pensava em bola, mostrava algum vídeo para os amigos do fundão quando Neto deu um empurrão de brincadeira e os dois começaram "uma briga". Agnes e André entraram pouco antes do sinal tocar. Por causa da pequena diferença de idade, os dois irmãos estudavam juntos na mesma série. Pelo que o jovem locutor se lembrava, a mãe da namorada havia colocado André cedo na escola para poder trabalhar, e o garoto se destacava como um dos melhores da classe.

Agnes deu um selinho rápido em Viktor. Ele tirou os fones.

– Vou falar com Manu – ela disse.

– Tá tudo bem? – ele perguntou.

– Sim, sim – ela respondeu, se afastando.

Ele recolocou os fones. Depois, lançou um novo olhar para a turma. André, já sentado, abriu um encadernado de capa dura dos *X-Men*.

– Bom dia!

O cumprimento não foi ouvido, mas lido no movimento dos lábios da professora Ana Luísa, de Física, que acabara de entrar na classe. Viktor saltou do birô. Havia esquecido que a primeira aula da terça era dela. Retirou os fones e guardou-os rapidamente no bolso da calça.

– Desculpa... E bom dia!

– Obrigada. E bom dia – sorriu a professora. – Ah, Viktor, parabéns!

Por um momento, ele não compreendeu. Em seguida, lembrou-se de que na semana passada teve teste. Provavelmente era sobre a nota.

– Obrigado... – respondeu sem saber muito bem o que dizer, pois nem tocara no caderno.

– Ontem à tarde houve reunião de pais no outro colégio e larguei mais cedo. No caminho pra casa, escutei seu programa, o *Onda Jovem*.

– Aaahh... – fez Viktor, entendendo.

– Você apresenta muito bem. Gostei mesmo! Parabéns! Aliás, gostei particularmente do nome do programa. Mais adiante, vocês estudarão Ondas em Física.

– Obrigado... – ele repetiu sem graça.

– Mas, Viktor – ela fez uma pausa –, não deixe suas notas caírem por conta do trabalho ou do curso de rádio e TV. Tome seu teste e, aproveitando que está de pé, por favor, entregue os dos colegas.

Seria muita sorte mesmo um elogio por conta de uma nota dele em Física. Apesar de não ter estudado absolutamente nada, ainda acertara duas questões, no chute. O dois em vermelho, o número grande e ainda escrito por extenso, não deixava dúvidas de que: um, ele precisava se dedicar mais à escola; e, dois, teria que enfrentar seu pai mais tarde.

Quem comparasse a sala de Viktor antes e depois da entrada de Ana Luísa não diria que era a mesma turma. Os alunos estavam todos enfileirados, em ordem e no mais completo silêncio.

Ana Luísa era a professora mais bonita e vaidosa do colégio. Os cabelos estavam sempre penteados de uma forma diferente. As meninas queriam ser como ela e os meninos desejavam uma namorada tal qual. Mas ninguém tinha coragem de falar nada nem de esboçar o menor elogio. Muito séria, ela não admitia liberdades ou brincadeiras, e, por isso, ninguém a chamava de Ana, Luísa ou, simplesmente, Lu. Era sempre Ana Luísa.

Todos tinham medo da professora de Física. E as notas foram um verdadeiro banho de água gelada nos ânimos da turma naquela manhã.

Diante do computador, Maurício coçava a barba como se essa sua mania fosse ajudá-lo a desvendar o caso. Seu semblante estava muito sério. O delegado conferia os vídeos da ação da quadrilha que atacara três bancos durante a madrugada. Pausou um vídeo. Voltou alguns segundos. Pausou de novo. Lá estava: um homem alto, com uma máscara de ave, um falcão e a jaqueta preta com o mesmo pássaro estampado às costas.

– O ladrão de jaqueta só pode ser Raphael... Impossível ser outra pessoa...

No entanto, o mais famoso integrante dos Falcões-Peregrinos não agiu sozinho durante a colocação dos explosivos. E o delegado tentava identificar o biotipo daquele outro integrante que entrara com Raphael nos três bancos. A figura magra e toda de preto não parecia com nenhum dos antigos membros da quadrilha.

– Esse aí é um novato. Mas será que ele sabe com quem está se metendo?

5

Um inimigo na sala de aula

Raphael abriu a geladeira. Vazia. O estômago roncou.

– A gente deveria assaltar uma padaria.

Da sala, veio o consolo:

– Com o dinheiro que já conseguimos você compra o que quiser na padaria da esquina.

– Ha-ha – ele forçou uma risada. – Corro menos risco saindo pra assaltar que pra comprar qualquer coisa. Então, faz o favor de dar um pulinho lá?

– Quer que eu me atrase mais ainda? Nem deveria estar aqui a essa hora. Mas tínhamos que adiantar as coisas. Fazer a surpresinha de Maurício está dando um pouco de trabalho.

– Certo, certo... – disse Raphael impaciente. – Mas só estamos nós dois e você já tomou seu café. Portanto, se eu não comer, não farei o que me pediu – tentou uma chantagem.

O famoso ladrão de jaqueta entendeu o silêncio que se sucedeu como uma resposta.

– OK... Já entendi o recado. Vou fazer de todo jeito mesmo. Mas, por favor, vai lá na padaria. Quero comer alguma coisa e desabar na cama até o começo da tarde. Preciso recarregar as baterias para colocar o plano em prática.

Diferente de Ana Luísa era o professor Leonardo, de Geografia. Ou melhor, Leo, como todos o chamavam. Brincalhão, inventava atividades diferentes que muitas vezes causavam certa bagunça na sala. Contudo, como ele mesmo dizia, era uma bagunça boa, pois o aprendizado também estava ligado à diversão. Na aula de Leo, enquanto ele organizava o *datashow* e o *notebook*, os alunos se sentiam mais à vontade para conversar entre si.

Nessa hora, Manuela não escapou à curiosidade de Carol.

– O que foi isso na sua boca, Manu?

Instintivamente, a garota levou a mão ao rosto, tentando esconder o corte. Lembrou-se pela milésima vez do assalto na noite anterior.

– Roubaram meu celular – ela explicou.

– Como foi que aconteceu? – quis saber a colega de sala curiosa.

Agnes, que escutava tudo, fez uma careta. Não queria que a amiga ficasse repetindo aquela história.

– Inventei de atravessar por baixo do viaduto para encurtar caminho e um ladrão agarrou meu celular. Na hora, ele acabou acertando a unha na minha boca. Aí, cortou...

– Acertou em cheio mesmo – Carol fez questão de frisar.

Manuela tocou de leve no ferimento.

Agnes percebeu quando a melhor amiga olhou para Nando, considerado o garoto mais bonito da turma. Mas ela, *a priori*, não notara que Viktor acompanhava seu mesmo gesto.

O jovem locutor reparou que a namorada observava Nando e franziu a testa.

Poucos segundos depois, Agnes percebeu o olhar intrigado de Viktor. Meio sem graça, ela fez um movimento qualquer com as sobrancelhas. Ele respondeu, imitando-a.

– E aí, galera? Prestem muita atenção na lição de Geomania de hoje! – bradou Leonardo, iniciando efetivamente a aula com uma animação que os alunos julgavam exagerada pela manhã.

Todos concentraram a atenção no professor. Menos Manuela, que tocava novamente no corte do lábio, e outro garoto, que só prestava atenção nos cabelos ruivos da bailarina.

– A bênção – pediu Camila assim que encontrou padre Homero no corredor.

O sacerdote era o apresentador do programa *A Hora da Oração*. Sua marca registrada era a camisa social preta de manga curta e o colarinho branco.

– Deus aben...

Bruno atrapalhou a bênção.

– Opa! Desculpa, padre! – pediu o locutor do programa matinal *Dia Bom*, passando apressado entre os dois colegas de trabalho.

– Deus abençoe você também, meu filho.

– Deixa Bruno pra lá – disse Camila, encaminhando o sacerdote ao estúdio. – Já estava preocupada. O senhor demorou hoje e nosso colega apressadinho não podia, como o senhor mesmo viu, segurar a programação.

– Me desculpe. Já colocaram o terço no ar?

– Sim, sim. Ainda temos uns minutos.

– Esse trânsito anda atrapalhando a vida de todo mundo. E o centro hoje está um caos!

– Então o senhor já está sabendo?

– Nos mínimos detalhes, minha filha. Nos mínimos detalhes...

Na volta do intervalo, a exclamação de Carol assustou todos do 1º Ano B:

– Meu celular sumiu!

– O que foi? – perguntou Manuela, assustada.

– Meu celular? Quem pegou meu celular? – se voltou a garota para a turma, brava.

– Ei, pessoal! – interveio Viktor. – Quem pegou o celular de Carol devolve agora. Isso não é brincadeira.

Ninguém se pronunciou. A tensão se instalou na sala.

– Você tem certeza de que deixou ele aqui? – perguntou Agnes, tentando achar uma solução.

– Tenho! – Carol estava cada vez mais furiosa. – Olha aí, Agnes! Deixei carregando!

Na tomada, apenas o carregador plugado.

– Vou chamar o diretor agora! – esbravejou a garota, saindo e batendo a porta.

Os demais colegas se entreolharam.

– Pessoal, quem tá com o celular de Carol? – Viktor perguntou de novo, tentando resolver de vez a questão. – Vocês vão deixar o diretor Meireles vir?

Ninguém se moveu.

Apreensiva, Agnes trocou um olhar com o namorado.

Um minuto depois, o diretor Meireles entrou devagar e sisudamente na sala.

6

Era ele!

Viktor entrou no apartamento, fechou a porta, abandonou a mochila no chão e desabou no sofá. Estava morrendo de fome, mas preferiu a internet antes. Esperou um segundo até que o celular conectasse automaticamente com a rede *Wi-Fi* e os aplicativos atualizassem, mostrando um monte de novas mensagens.

– Chegou, filho? – Vicente apareceu na sala.

O jovem locutor confirmou com um movimento de cabeça.

– Fiz o almoço.

– Já, já vou comer – o rapaz respondeu, mexendo no aparelho.

Nenhuma mensagem interessante. A maioria besteiras enviadas pelos membros dos grupos de que participava. Ou a turma comentando sobre o sumiço do celular de Carol. Nada de novo. Os mesmos comentários da saída do colégio.

Vicente se sentou ao lado do filho.

– E aí, locutor, que cara é essa?

– O dia hoje foi tenso.

– Que é que houve?

– Roubaram um celular lá na escola.

– De quem?

– De uma menina da sala. Carol.

– Tem certeza de que foi roubo? Será que ela não esqueceu onde o colocou?

– No começo, achei que era uma brincadeira de mau gosto de alguém. Mas depois vi que não. Nem sinal do aparelho. Só o carregador ficou na tomada. A coisa foi séria mesmo. Até o diretor Meireles apareceu na sala.

– E o que ele resolveu?

– Deu um ultimato para o autor da brincadeira. Vai aguardar até amanhã. Caso contrário, disse que vai chamar os pais de todo mundo pra conversar.

– Que coisa chata!

– Pai, posso fazer uma pergunta ao senhor? – Viktor interrompeu Vicente, querendo mudar de assunto.

– O que foi?

– Se o senhor tivesse a minha idade de novo e descobrisse que a mamãe contou uma mentira, o que faria?

– Como assim?

– Você perdoaria uma mentira da mamãe? – Viktor decidiu ser mais direto.

– Nossa! Só bronca hoje, hein, filho?

O jovem locutor se lembrou também da nota de Física. Olhou para a mochila, mas não se moveu. Outra hora. Percebeu, em seguida, o pai com o olhar fixo no vazio. Aguardou.

– Depende da mentira que Karen tivesse contado.

– Se ela tivesse ficado com outro menino da sala?

– Namorando comigo?

– Não, antes.

– Olha, o passado dela é o passado dela. Se ela ficou ou não ficou com ele antes de mim, não é problema meu, não. A questão é com quem ela tá no momento. E, nesse caso, se ela tá me respeitando. Isso é o que realmente importa.

– Mas não foi um passado tão passado assim...

– Agnes mentiu pra você? É isso?

– Acho que ela ficou com um menino lá da sala antes da gente namorar – explicou Viktor. – Mas não me contou, e quando perguntei disse que não teve nada.

– E teve?

– Não sei.

– Ah, filho, deixa de ficar cismado por besteira. Vocês começaram a namorar quase agora. Aproveita! Teu problema deve ser fome. Tem carne de panela no fogão – e se levantou. – Vou ver se o salário já entrou pra pagar umas contas. Qualquer coisa, tô no quarto.

Assim que Vicente saiu, Viktor fez o mesmo que o pai e foi para o próprio quarto. Ao colocar o celular no criado-mudo, a mão derrubou sem querer o porta-retrato. Pegou-o. Era a fotografia de Karen, a mãe do jovem locutor, na cozinha, com os cabelos presos numa trança, mexendo uma panela e de avental. Os olhos do garoto marejaram.

– Carne de panela. Pai diz que a sua carne de panela era a melhor coisa do mundo, mãe. A dele parece uma pedra. Mas eu era pequeno... Seis anos... Me lembro tão pouco... E da carne nada, nada. Só lembro... – ele tocou a cicatriz sobre a sobrancelha direita. O rosto exprimiu dor. – Por que a gente não controla a memória, mãe?

Graziela teve dificuldade para abrir a porta do apartamento. Sua mão tremia.

– Era ele. Era ele – disse baixinho.

Após trancar a porta, fechou as janelas e cerrou as cortinas.

– Era ele. Era ele. A mesma voz. A mesma jaqueta preta. E a máscara de falcão que roubou ontem da loja.

A atendente passara a noite de segunda tendo pesadelos com o ladrão que assaltara a loja de fantasias e artigos para festas onde trabalhava. E, na terça, após uma manhã de trabalho e mãos suadas de nervosismo, pediu ao chefe uma horinha no meio da tarde para fazer um depósito no banco. E lá fora vítima pela segunda vez. De um novo assalto. Do mesmo criminoso.

Na cozinha, enquanto enchia um copo d'água, Graziela repetia:

– Era ele. Era ele. O Falcão!

7

Lembrar dói

– E *Photograph*, de Ed Sheeran, vai tocar agora. Uma música que nosso Vitão dedica para sua linda namorada, Agnes! Um pouco de amor nesta tarde com *A vespa*.

– Só você mesmo, hein, Gordão? – disse Viktor. – E nem pergunta nada antes de pôr no ar.

– Toda menina gosta dessa música. Nem vem reclamar. Escolhi bem – disse o radialista vespertino, piscando cúmplice.

Gordão comandava o programa das tardes chamado *A vespa*, com notícias, bom humor e música. Voz, cara e nome combinavam. Alto, voz grave e gordo. E gostava de ser chamado assim. Pois, para ele, felicidade era comer de tudo. E, para sua sorte, as taxas do *check-up* que fez nas férias estavam todas em ordem.

Às cinco horas, depois do programa de Gordão, entrava no ar o *Onda Jovem*, comandado por Viktor, que gostava de chegar cedo para acompanhar a transmissão do colega da tarde.

Apesar da "bronca" que deu no colega de rádio, o rapaz esperava que Agnes estivesse escutando. Ela estava estranha com ele desde domingo. Às vezes, se perguntava se fizera ou falara alguma coisa errada.

Os pensamentos do jovem locutor foram interrompidos por Camila, que entrou sem qualquer cerimônia no estúdio.

– Gordão, notícia urgente! E vai ao ar no seu programa mesmo!

– O que houve?

– Júlio vai entrar ao vivo. Ele está no centro, e a notícia é quente. Sei que não é o perfil do seu programa, mas não podemos perder o *time*.

– Tudo bem, tudo bem – concordou o radialista.

– Luan, quando Gordão entrar depois dessa música, você já coloca Júlio no ar.

– Deixa comigo! – respondeu o técnico.

Para Viktor, o tom de Camila ao falar *dessa música* soou um tanto quanto pejorativo. Porém, não disse nada. Ficou apenas observando a movimentação dentro do estúdio.

E o refrão tocou mais uma vez antes de Gordão voltar ao ar:

– É, meus amigos... Parece que não há mais espaço para o amor nesta cidade. Vamos falar agora ao vivo com Júlio, nosso repórter de rua. Júlio, na escuta?

– Na escuta, Gordão. É isso mesmo. Não temos mais espaço para o amor e a paz. Ocorreu há pouco um novo assalto a banco. Desta vez, na agência que fica um pouco mais afastada do centro. A ação foi muito rápida. Não durou mais que um minuto. Os bandidos invadiram o banco, renderam o guarda, ameaçaram os clientes, levaram o dinheiro do caixa e fugiram em seguida num carro preto. A quantia roubada não foi divulgada e a polícia ainda não deu detalhes sobre os suspeitos do crime.

Enquanto Júlio narrava os acontecimentos, Viktor apertou os dentes, se esforçando para não se lembrar dos fatos de *O Triste Assalto*, como ficou conhecido na época o lamentável episódio do assalto ao Banco do Brasil.

Bandidos e bancos. Escutar essas duas palavras sempre mexiam com ele.

So you can keep me / Inside the pocket of your ripped jeans / Holding me close until our eyes meet / And you won't ever be alone

– Logo essa música, Vik? – perguntou Agnes, olhando o celular enquanto as lágrimas desciam.

Tirou os fones e abraçou os joelhos.

Maurício chutou o cesto de lixo. Voaram papéis e restos de lanche para todo lado.

Assustada, Eliana pausou o vídeo. Em seguida, continuou:

– Desta vez, está usando uma máscara, mas a jaqueta... É inconfundível, delegado.

– Depois de três roubos durante a madrugada, eles atacam no meio da tarde!

– E o senhor deu uma volta no centro logo depois do almoço...

– Exatamente! Foi só eu chegar na delegacia para eles cometerem outro crime!

– O que será que eles querem com tudo isso? – inquiriu a secretária.

– Fora o dinheiro? Me provocar! Eles sabem que eu ficaria à frente desse caso de novo. Não vejo outra justificativa para eles não procurarem outra cidade.

Numa das salas do andar desativado do prédio da rádio Veneza, uma sombra caminhava no escuro. Do bolso, retirou uma chave e abriu uma porta.

Num canto, havia uma mesa encostada coberta por uma lona. Ele retirou o plástico que destoava por não apresentar a mesma quantidade de poeira de tudo ao redor.

O celular vibrou no bolso. Atendeu.

– Oi.

– Encontrou?

– Estou diante do brinquedinho. Não pude vir antes. Mas deixa comigo que disso eu entendo.

– Quanto tempo?

– Farei o mais rápido possível.

– Perfeito. Avisarei quando for a hora de usar. No momento, só se preocupe em colocar esse aparelho pra funcionar.

A chamada foi encerrada e a sombra estalou os dedos.

– O delelerdo vai pirar!

8

Dois mistérios

A primeira aula da quarta-feira era com Caio, professor de Literatura. Sempre muito calmo e paciente, tentava estimular o hábito da leitura nos alunos. Mas, nesse dia, sua aula foi tomada pela presença do diretor Meireles.

O diretor estava visivelmente bravo com o desenrolar da história do dia anterior. Ninguém o procurara. Por isso, passava de novo na turma do 1º ano B, solicitando a presença voluntária do aluno que, porventura, "havia confundido" e "tomara por engano" o celular de Carol e, por isso, "estava com vergonha e sem saber como devolver".

Assim que ele saiu, André comentou com Agnes e Manuela:

– Meireles inventou uma boa desculpa para quem pegou o celular.

– Tem razão – concordou a irmã. – É só devolver e repetir o discurso. Agora, cadê Carol?

– Está com os pais, aguardando na diretoria – respondeu Manuela. – Eles estão furiosíssimos.

– Carol vacilou ao deixar o celular carregando no intervalo – disse Viktor.

– Ela errou, mas pior é saber que tem um ladrão na sala – asseverou Nando, se intrometendo no diálogo do grupo.

– Ladrão?! – espantou-se Manuela.

– Você não está exagerando? – inquiriu Viktor.

– E quem rouba o que é dos outros é o quê? – rebateu Nando.

– Vamos deixar as conversas de lado – pediu Caio. – Abram todos o livro no capítulo 6.

Na mesa do delegado Maurício estavam espalhados alguns arquivos mortos. Ele folheava ora um, ora outro documento. Em seguida, conferia-o com algum arquivo ou imagem no computador. Alguém bateu na porta.

– Pode entrar!

Era Eliana.

– Me chamou, delegado?

– Sim. Mas fique à vontade – e indicou uma cadeira a sua frente.

A secretária estranhou. Hesitou por um instante.

– Eliana, quero fazer algumas perguntas.

– Certo...

– Antes de mais nada, quero pedir desculpas por remexer em lembranças tão doloridas. Imagino que o que você mais quer na vida é esquecer aquilo. Contudo, estou diante da mesma quadrilha de dez anos atrás. E tenho que resolver isso de uma vez por todas! Então, decidi repassar algumas coisas. Talvez uma pista ou um detalhe do que ocorreu no passado tenha me passado despercebido. Logo, pensei que seria uma boa ideia iniciar conversando, informalmente, até com alguém próximo. Tudo bem?

– Tudo bem – ela respondeu. – Mas adianto que, como contei no depoimento, a verdade só veio à tona naquele dia. Aliás, o pior dia da minha vida...

A fila da cantina estava enorme.

– Tô morrendo de fome... – confessou Manuela, apertando a barriga.

– Essa fila tá cada vez maior – solidarizou-se Agnes, abraçada por Viktor. – E o intervalo cada vez menor.

– Não tomei café antes de sair – disse André. – Mas, se não der tempo de comer, vou usar o dinheiro pra comprar uns quadrinhos.

– Tu é muito *nerd* – brincou Viktor.

O grupo riu. Nessa hora, alguém cutucou o braço do jovem locutor. O quarteto se voltou. Eram duas meninas.

– Você é Viktor, né? – Uma delas perguntou.

– Sou.

– Do *Onda Jovem*?

– Isso.

– Somos do 6º ano.

– A gente pode tirar uma foto? – A outra mostrou o celular.

– É claro! – Sorrindo, Viktor soltou a namorada, segurou o aparelho de uma das meninas e tirou duas ou três *selfies*.

As meninas do 6º ano saíram correndo, comemorando empolgadas.

– Teu namorado é muito famoso, Agnes – Agora foi a vez de André brincar.

Ela sorriu sem graça.

– Não sente ciúmes? – quis saber Manuela.

– Não... – Agnes respondeu. – Por que sentiria ciúmes?

O jovem locutor estranhou o tom despreocupado da namorada. Achava que o normal seria o contrário.

– Eu ficaria morrendo de ciúmes – disse Manuela. – Um monte de meninas querendo abraçar, tirar foto com meu namorado, escutando a voz dele na rádio todas as tardes... Ah, você já conheceu a rádio, Agnes?

A amiga balançou a cabeça:

– Ainda não.

Viktor se sentiu desconfortável. Até aquele momento não tinha passado pela cabeça levar a namorada para conhecer a Veneza FM.

– Você falou em namorado? – perguntou André sem disfarçar o interesse. – Mas que tipo de namorado você procura?

– Bonito, forte, que goste de esportes... – respondeu a garota, praticamente descrevendo Nando, que ela via jogando bola do outro lado, na quadra.

– E aí, pessoal, o que vão querer? – perguntou um dos atendentes.

Apenas Viktor, Agnes e Manuela fizeram o pedido. André olhou para a própria barriga um pouco saliente por baixo do uniforme e preferiu guardar o dinheiro para comprar quadrinhos.

– Estamos nos arriscando à toa, Camilinha – disse Júlio, visivelmente preocupado.

Júlio era o repórter de rua da rádio Veneza. Vivia para cima e para baixo de camisa polo pelas ruas.

– Aqui conversamos mais à vontade. – A filha do seu Adalberto fechou a porta do escritório do pai. – Mas não é nada disso que você pensa. O motivo deste encontro é outro.

– Qual?

– Temo que os planos de papai não deem certo e que todo mundo sofra com isso.

– Mas ele nunca errou. Sempre foi preciso. O ataque certo na hora certa.

– Eu sei... Eu sei... Mas o mundo mudou! A tecnologia está aí! Não temos mais o mesmo espaço que há dez anos.

– Ele ainda é a cabeça pensante aqui. Com certeza, também tem um plano B. Ele não colocaria nossas vidas em jogo à toa.

– Ultimamente até de mim ele anda guardando segredos.

– Sério? Hum... Isso é grave – raciocinou o repórter. – Pode comprometer os planos de todo mundo. E, principalmente, os nossos.

– Não! – exclamou Camila. – Já começamos! Vamos até o fim com ou sem ele! Juntar toda essa grana não foi fácil, e a gente precisa até de mais dinheiro. Nós não vamos voltar atrás!

9

Manu de novo

– Minha mãe vai me matar!

André escutou ao entrar na sala após o intervalo. Perguntou:

– O que foi, Manu?

– Meu celular! Você viu meu celular?

– Não... – Os olhos do garoto se arregalaram ao imaginar o que teria acontecido.

A garota revirava o material que trouxera na mochila com a ajuda de Agnes. As duas jogavam tudo sobre o braço da cadeira. Viktor acompanhava a ação com uma cara preocupada.

– Não acredito que deixou seu celular na sala! – exasperou-se o *nerd*.

– Não, não – respondeu a bailarina, mais nervosa a cada segundo. – Levei pro intervalo. Tenho certeza. Estava no bolso traseiro da calça.

– Vai ver caiu no pátio – sugeriu André.

– Já procuramos lá – respondeu Agnes.

– Não quer ir de novo? – ele insistiu.

– Roubaram o celular de Manu? – perguntou Carol, se aproximando ao lado de Nando.

Agnes trocou um olhar com Manuela, que, sem saber o que fazer, assentiu com um movimento de cabeça. Carol prosseguiu:

– Se seu celular sumiu mesmo, faço questão de avisar ao diretor Meireles. Quero ver se ele não vai expulsar esse ladrãozinho do colégio!

– Então, vou sentar logo, que o diretor vai vir aí de novo – disse Nando.

– Como você pode ter tanta certeza de que foi roubo? – perguntou Neto, se juntando ao grupo. – Pode ter caído mesmo durante o intervalo.

Nando deu de ombros e virou as costas.

A turma trocou entre si olhares desconfiados.

– Tás brincando? – inquiriu Vicente antes de colocar mais uma colher do almoço na boca.

Pai e filho almoçavam juntos a sobra do dia anterior esquentada no micro-ondas.

– Pois é, pai... Dessa vez, foi o celular de Manu.

– Mas, se desapareceu no intervalo, há a possibilidade de que seja alguém de outra turma... – raciocinou o pai de Viktor, de boca cheia.

– Sei lá! Nunca vi o diretor tão furioso. Vai ser expulsão na certa.

– Não tem como resolver de outra forma – concordou Vicente. – E, pelo que você disse, ele deu todas as chances que podia, e o responsável não se arrependeu. Pior: se tornou reincidente.

– Em dois dias, dois celulares e duas vítimas: Carol e Manu. – Ao citar novamente o nome da bailarina, Viktor se lembrou da conversa na fila da cantina. – Pai...

– O que foi?

– Será que posso levar Agnes pra conhecer o pessoal da rádio?

– Pode, sim! – confirmou Vicente. – Excelente ideia, locutor! Eu falo com Camila. Agnes vai gostar de conhecer a turma da Veneza.

Graziela sentiu uma mão pousando em seus cabelos. Acordou sobressaltada.

– Calma, calma... Está tudo bem. Sou eu.

A vendedora abraçou o noivo com força. Desde que fora assaltada pela segunda vez pelo falcão Raphael, a jovem se recusava a sair de casa e só queria ficar deitada, dormindo, apesar dos pesadelos que, vez por outra, a atormentavam. E sempre a figura de um monstro, metade falcão, metade homem, a ameaçava.

O noivo, por sua vez, preocupado com o estado de Graziela, só conseguia repetir:

– Vai ficar tudo bem. Vai ficar tudo bem. Todos os ladrões serão punidos!

– Adorei a ideia! – concordou Agnes ao celular.

– Vamos hoje? – perguntou Viktor do outro lado da linha.

– Po-de ser... – Ela hesitou diante da rapidez. – Acabei de sair da casa de Manu. E tenho que dar um pulinho no centro pra resolver uma coisa da festa de sábado. Mas depois posso ir pra lá. Que horas a gente se encontra?

– Umas quinze tá bom?

– Pode ser. Te vejo na rádio então.

– Combinado. Te amo.

– Também. Beijo.

Após desligar, a garota disse para si mesma:

– Quem ama não mente...

Aquela angústia no peito sufocando-a desde domingo. A sua frente, a igreja matriz da cidade. Observou um grupo de senhoras que adentravam naquele momento e confabulou sobre quantas vezes cada uma ali mentiu, omitiu ou escondeu um segredo. Imaginou-se sentada diante do padre Homero, pároco da cidade, confessando:

"Padre, eu pequei..."

Agnes balançou a cabeça em negativa. Talvez o conselho do padre fosse justamente o que ela já sabia que precisava fazer: contar a verdade para Viktor.

10

A visita

Viktor e Agnes se encontraram na recepção da rádio. Ele quis dar um beijo nela, mas a garota virou o rosto, oferecendo a bochecha.

– Você avisou que eu vinha?

Antes que ele pudesse falar algo, apareceu Camila.

– Oi, Vik! – ela cumprimentou, se aproximando. – É a sua namorada?

Agnes assentiu com um sorriso tímido.

– Seja bem-vinda! – A filha do dono da rádio Veneza continuou. – Sou a coordenadora da programação artística e você veio no dia certo! Os apresentadores estão quase todos aí. Gordão já está no estúdio. Giovanna está lanchando, o programa dela acabou agorinha. E o preguiçoso do Bruno está dormindo no sofá desde cedinho. Não sei que tanto sono é esse. Parece até que está fazendo hora extra de madrugada!

– Vem! Vamos! – Viktor tomou sua mão.

Agnes respirou fundo e se deixou levar. Por ora, era melhor relaxar. Afinal, ela também estava curiosa. Conhecia a maioria dos locutores da rádio Veneza apenas pela voz. Só tinha visto a cara do Gordão por causa de uma foto que Viktor postou outro dia na internet. Até aquele momento, portanto, aquelas eram vozes sem rosto. Por isso, tal foi sua surpresa ao encontrar Giovanna e Bruno.

– Gio? Bruno? – chamou Viktor, entrando na sala de convivência dos radialistas.

– Oi, Vik! Tudo bom? – disse Giovanna, a apresentadora do *Navegando*, o programa de variedades e jogos transmitido do final da manhã ao começo da tarde. – É sua namorada? – e ela cumprimentou Agnes, trocando dois beijinhos.

Além da voz, Giovanna era linda. Os cabelos muito escuros e longos e o corpo esculpido pela academia. Agnes sabia que ela deveria ter uns quarenta anos, a média de idade dos locutores mais velhos segundo o namorado lhe contara certa vez. No entanto, não daria mais que trinta para ela.

– Acorda, Bruno! – Viktor bateu no braço do radialista, que, com o rosto escondido por baixo de um chapéu estilo Panamá, estava deitado preguiçosamente no sofá.

– Que foi, Vik? – ele perguntou com a voz rouca de sono.

– Deixa eu apresentar Agnes, minha namorada.

O apresentador do programa matutino *Dia Bom* se levantou, e Agnes tentou conter a surpresa. O rosto magro destacava um nariz aquilino bastante proeminente. Mas a voz era única.

– Então você é a namorada do novato? Seja bem-vinda – ele cumprimentou.

– Muito obrigada – ela respondeu, procurando não olhar para o nariz do radialista. Agnes achou que a forma como ele tinha dito "novato" soara um tanto depreciativa.

Então ali estava Bruno, o locutor que animava o início das manhãs da Veneza FM e de toda a cidade. Todos os dias, a mãe de Agnes ligava o rádio bem cedinho, e a garota sempre escutava uma parte do *Dia Bom* antes de sair para o colégio.

– Parece que temos visita – comentou uma voz grave na porta da salinha.

Viktor se adiantou:

– Seu Adalberto, esta é Agnes, minha namorada. Agnes, este é seu Adalberto, o dono da rádio Veneza.

– É um prazer conhecer o senhor – ela disse.

– Que bom! Que bom! Igualmente o prazer é meu – disse o medalhão. – Fique à vontade, minha filha. Viktor é muito querido por todos nós.

– Obrigada.

– Vou levá-la pra conhecer Gordão – avisou o rapaz, tomando novamente sua mão.

No corredor, Agnes não segurou o comentário:

– Achava que Bruno...

– Tinha um nariz diferente? – completou Viktor, rindo. – Quem só escuta a voz não conhece a cara. Todo mundo que encontra ele pela primeira vez tem mais ou menos a mesma reação que você.

– Ih! Será que ele percebeu?

– Que você ficou evitando olhar pro nariz dele?

– Ai...

– Sim. Mas não se preocupa. Bruno até tira onda com a situação. Já tá acostumado.

– Não seja insensível, Vik!

– Na realidade, não gosto muito de Bruno, sabe? Meio arrogante, meio convencido. Pensa que é o melhor locutor da rádio. O mais legal da equipe é o Gordão! Você vai gostar dele!

Aproximaram-se do estúdio do ar, como chamavam a sala de onde eram transmitidos os programas de rádio. Após um sinal de Luan, confirmando que estavam nos comerciais, Viktor entrou com Agnes:

– Fala, Gordão!

– Diga aí, Vik! E essa gatinha? É a sua namorada?

– Sim, sim.

Mais uma vez, Agnes sorriu encabulada.

– Não disse que depois que você colocasse sua voz nas ondas da rádio iria chover mulher na sua rua?

– Gordão, por favor! – reclamou o jovem locutor antes de voltar para a namorada. – Me esqueci de avisar que ele é meio sem noção às vezes. Não liga.

Agnes observou Gordão. Voz, cara e nome eram totalmente coerentes. Além de um sorriso bonito e bem-humorado, como na primeira impressão que ela tivera ao ver a foto.

– E aquele é o Luan – apresentou Viktor.

– Oi! – cumprimentou o rapaz, tocando com o indicador na aba do boné.

– Oi – respondeu Agnes, acenando de volta.

– Ele é operador de som, mas também é técnico – explicou o namorado. – Entende tudo de equipamentos radiofônicos.

– Vocês não trouxeram comida pra gente? – interrompeu Gordão. – Que visita é essa que não traz nada? – E soltou uma gargalhada.

– Você sabe que não pode comer no estúdio – relembrou Luan. – E em um minuto você vai entrar ao vivo com Júlio, como Camila combinou.

Viktor e Agnes se sentaram. Gordão se posicionou. Ele ainda esperou mais alguns segundos a fim de que o intervalo acabasse para retomar:

– *A Vespa* voltou à rádio Veneza FM! Aqui, o melhor da música ao seu ouvido. Agora são quinze horas em ponto. E nós vamos falar ao vivo com Júlio. O repórter que sabe tudo o que acontece nas ruas da nossa cidade. Uma verdadeira ave de rapina! Meu grande Júlio, me conte as notícias desta tarde!

– Boa tarde, Gordão e ouvintes da Veneza FM! Hoje as coisas no centro estão bem mais tranquilas e o policiamento foi reforçado. Embora as pessoas ainda estejam muito assustadas com essa nova onda de assaltos que abalou o início da semana. Os bancos, por sua vez, estão tomando novas medidas para garantir a segurança...

Maurício desligou o telefone.

O delegado tinha o rosto furioso diante do *notebook* da sua sala. Ao lado, uma pasta com a inscrição: *O Caso dos Falcões-Peregrinos*. E, sobre o tampo da mesa, vários papéis amarelados, além de um segundo computador com duas janelas abertas em paralelo.

Ele passara a manhã inteira lendo os arquivos e assistindo às imagens do caso dos Falcões-Peregrinos. Há dez anos lera e assistira a esse mesmo material um sem-número de vezes. Contudo, diante do retorno de Raphael e dos ataques dos Falcões, voltara aos documentos. Alguma pista, algum detalhe tinha que ter passado despercebido naquela época.

Os Falcões-Peregrinos, a quadrilha de assaltantes de banco mais rápida de todos os tempos, cujas ações, que duravam menos de um minuto, se assemelhavam metaforicamente ao ataque da ave de rapina de voo mais veloz do mundo. O radialista que apelidara o grupo na época, seu Adalberto Machado, inspirado pela jaqueta preta de Raphael com um falcão estampado nas costas, acertara em cheio no nome.

Mas Maurício sabia que Raphael nunca fora o líder. Ele escondia uma figura maior, mais perspicaz, mentor das estratégias de roubo dos Falcões. Era alguém que estava sempre por perto, mas que não aparecia e sabia esconder muito bem sua imagem. Provavelmente porque precisava preservá-la.

Dez anos atrás, ninguém da polícia deu crédito para a hipótese do delegado. Se Raphael havia confessado que era o líder, e todas as provas estavam contra ele, como o delegado poderia teimar que existia mais alguém envolvido? Seria possível que o chefe da quadrilha fosse outro e não o famoso ladrão de jaqueta com um falcão estampado às costas?

Era no que Maurício acreditava e o que precisava descobrir. No entanto, não conseguiu no ataque que ficou conhecido como *O Triste Assalto*. Os planos não saíram como esperado e o saldo foi lamentável. Um falcão abatido e uma civil morta. E o destino, anos depois, trouxera uma pessoa indiretamente envolvida com tudo aquilo para o seu lado.

Agora, porém, o delegado tinha uma pista. Estava furioso pela forma como ela chegara até ele. Mas uma pista que se relacionava com a origem do apelido da quadrilha e com *O Triste Assalto*. Coincidência? Ou sua fixação pelo caso já começava a fazê-lo ouvir e imaginar coisas?

Alguém bateu na porta.

– Trouxe o lanche que pediu – avisou Eliana, entrando. – O senhor tem de se alimentar e sair dessa sala um pouco.

Maurício se levantou, tomou o terno e anunciou:

– Farei isso agora. Só que infelizmente o lanche ficará para depois. Vou sair. Por favor, feche a porta e não deixe ninguém entrar aqui. Na volta, arrumo a bagunça.

– Aonde o senhor vai?

– À rádio Veneza.

11

Reencontro inesperado

A cidade não para, a cidade só cresce / O de cima sobe e o de baixo desce.

Viktor, Agnes, Gordão e Luan cantavam o famoso refrão da música *A cidade*, do grupo Nação Zumbi, quando Camila deu uma leve batida no vidro do estúdio, chamando a atenção de todos.

Luan fez sinal de positivo e ela entrou.

– Com licença, pessoal – disse a filha do seu Adalberto. – Gordão, Vik pode assumir a poltrona mais cedo?

– Hã? – estranhou o jovem locutor.

– Aconteceu alguma coisa? – perguntou o apresentador vespertino.

– Mais ou menos... Você pode assumir o *Vespa*, Vik? Papai quer aproveitar que estão todos aqui para se reunir com os radialistas... – Ela fez uma pausa antes de completar – veteranos.

– Tranquilo! – disse Viktor.

– Por mim, de boas! – concordou Gordão.

Agnes ergueu as sobrancelhas como se fizesse uma pergunta. O namorado mostrou as palmas das mãos como um gesto de quem não sabia o que responder.

Assim que a música acabou, o apresentador de *A Vespa* avisou:

– E hoje, excepcionalmente, saio um pouquinho mais cedo, minhas vespas! Mas o nosso caçula vai assumir o finzinho de *A vespa*. Segura o zumbido, Vitão!

Colocando os fones, Viktor falou ao microfone:

– Deixa comigo, Gordão! Boa tarde, galera! Sou Viktor Rodrigues. E o melhor da música você só confere aqui, na Veneza FM.

Manuela desceu do ônibus, e o sol no rosto a obrigou a fazer uma careta. Com algum esforço, viu o sinal fechado para os pedestres. Usou a mão como proteção para os olhos enquanto esperava ele abrir. Atravessou e se sentou numa das mesas da lanchonete da esquina.

Ainda faltavam alguns minutos para a aula de balé, no entanto a garota preferiu sair mais cedo de casa para não ouvir pela milésima vez as reclamações da mãe por ela ter perdido outro celular em menos de uma semana, mesmo que não fosse culpa dela. Logo, Manuela teria que aguardar um pouquinho mais por outro em que pudesse baixar aplicativos. Na mochila, trouxera um bem antigo, daqueles que só fazem ligação e mandam mensagens, que a mãe encontrou perdido numa gaveta.

Um atendente veio anotar o pedido. Ela escolheu um sanduíche natural embora desejasse uma coxinha.

– Não posso engordar. Tenho o balé e acho que Nando nunca ficaria com uma menina mais cheinha... – suspirou a garota assim que o atendente se afastou.

André escutava a rádio Veneza enquanto arrumava a sua estante de quadrinhos, livros e DVDs. Sim, ele tinha alguns. Entretanto, fazia tempo que não comprava nenhum. Com a facilidade para assistir tudo pela internet, aqueles DVDs pareciam ultrapassados. Talvez mais para frente jogasse todos fora ou doasse. Mas, por ora, preferia guardá-los como lembranças da infância. Tentando enfileirar todos na mesma prateleira, um deles caiu no chão. Era *Homem-Aranha 2* com Tobey Maguire no papel de Peter Parker.

Na capa, o herói aracnídeo ao lado de Mary Jane Watson. Kirsten Dunst, a atriz ruiva da capa, fez o garoto se lembrar de outra ruivinha que estudava na mesma sala de aula.

– *Rádio Veneza FM: o melhor da música ao seu ouvido!*

A vinheta tocou após o término do *Onda Jovem*. Depois, entrou o intervalo.

– Qual será o motivo dessa reunião? – inquiriu Viktor, preocupado, tirando os fones do ouvido.

Luan girou a aba do boné para trás.

– Sei lá – respondeu.

– Você não faz ideia? – perguntou Agnes ao namorado.

– Talvez... A rádio anda meio mal das pernas, sabe? Ibope baixo... Imagino que a pauta da reunião seja essa. Mas já está na hora do programa de seu Adalberto, e ele não apareceu. – E se voltando para o operador de som: – Vou dar um pulo na sala de convivência rapidinho. Qualquer coisa, solta música aí, Luan.

O técnico girou a aba do boné para a frente e fez sinal de positivo:

– Qualquer coisa, seguro os comerciais. Os patrocinadores ficarão felizes.

– Beleza! – exclamou Viktor, saindo do estúdio acompanhado por Agnes.

A dupla seguiu pelo corredor. Ao entrarem na sala dos radialistas, os dois adolescentes viram um homem de barba negra, bem vestido e com um distintivo da polícia sobre o peito. Havia uma tensão no ar, que pareceu se acentuar com a chegada de Viktor e Agnes.

O jovem locutor se colocou ao lado de Vicente:

– Pai? Tá tudo bem?

O apresentador do *Amor e música* não respondeu.

Mas a palavra *pai* chamou a atenção do delegado Maurício. Ele repetiu para si, intrigado:

"Pai?"

Se aquele era o filho de Vicente, então... Num instante, o delegado procurou no rosto de Viktor a cicatriz. Encontrou-a. Depois, comparou os dois rostos. Era realmente ele. Em seguida, lançou um olhar para a garota que acompanhava o rapaz. E viu o inconfundível sinal no braço esquerdo. Seria... Ela?

– Vik, acho melhor ir embora... – sussurrou Agnes para o namorado, receosa com o olhar investigador do delegado sobre ela.

"Que coincidência é aquela? Impossível! Não pode ser!", pensou Maurício.

Porém, antes que ele verbalizasse algo, seu Adalberto asseverou:

– Pode aguardar, delegado. Ninguém faltará.

– OK. E não há necessidade de se preocuparem à toa – disse Maurício, tentando se concentrar de novo. – É só uma conversa informal. Nada de intimação. Mas espero contar com a presença e a colaboração de todos vocês.

– Reforço mais uma vez o meu pedido – disse seu Adalberto quase interrompendo o delegado. – Não comente nada com nenhum veículo da imprensa. Não podemos sujar o nome da Veneza por causa de uma suspeita que não dará em nada. Agora, se me permite, preciso assumir a poltrona do meu programa. Antes, porém, faço questão de acompanhá-lo até a porta... – e pousou a mão sobre as costas do delegado, pressionando-o, sutilmente, a sair dali.

12

A mancada nerd

A campainha tocou.

– Droga! – reclamou André.

À vontade em casa, com um calção velho, o garoto não curtiu a interrupção. Estava revendo *Vingadores: Era de Ultron* após ter terminado de arrumar a estante. Contudo, ao contrário de um dos personagens do filme, Mercúrio, conhecido como o herói mais veloz da Marvel, André não tinha a menor pressa em ver quem chamava àquela hora. Se demorasse a atender, talvez a pessoa mudasse de ideia e iria embora. E isso seria muito bom, pois poderia continuar sentado e *maratonando* os filmes.

A campainha tocou novamente.

O garoto colocou uma bermuda e vestiu uma camisa com a máscara do Homem de Ferro. Atravessou a sala, abriu a porta do terraço e se aproximou do portão. Ao conferir pelo olho mágico, viu Manuela.

– Oi, Manu! – disse, fazendo-a se assustar ao abrir alvoroçado o portão.

– Oi... André – cumprimentou a menina, fingindo que não se assustara. – Agnes tá aí?

– Tá não. Foi conhecer a rádio Veneza com Harry Potter.

– Hã?

André apontou para a própria testa. A bailarina entendeu. O *nerd* fizera uma brincadeira por causa da cicatriz de Viktor, comparando-o com o famoso bruxinho.

– Aaahh... – E Manu fez uma careta de dor em seguida.

– O que foi? – perguntou o garoto.

– Nada... Só meus pés que estão um pouco doloridos. A professora pegou pesado no balé hoje. *Plié*, *grand-plié*, *jeté*, *rond de jambe*... Ai, estou cansada – suspirou a garota.

– Imagino... – ele disse, mesmo sem ter ideia do que todas aquelas palavras significavam. – Você não quer entrar e esperar um pouquinho? Pela hora, o *Onda Jovem* acabou. Então, já, já ela chega.

– Será que ela vai demorar muito?

– Acho que não... Viktor tem curso à noite.

Manuela hesitou. Só ela e André? Trocara poucas palavras com o irmão da nova melhor amiga. Os dois irmãos entraram no Colégio Manuel Bandeira somente naquele ano. No entanto, queria conversar com a amiga sobre Nando. Para completar, estava com muita sede.

– Posso tomar água?

– Vem. Entra.

Ela atravessou o portão.

– Gelada ou natural? – quis confirmar André.

– Gelada – respondeu Manuela. – Com licença – acrescentou ao entrar na casa.

– Pode se sentar no sofá – sugeriu André. – Vou buscar a água na cozinha.

– Tá.

A bailarina riu do excesso de informações e se sentou. Entre uma almofada e o braço do sofá, havia um porta-retrato. Ela pegou-o. Era a foto de um homem. As feições lembravam as de Agnes. E ele tinha o mesmo sinal da amiga no braço esquerdo.

– Eita! – fez André, entregando o copo de água para Manuela e tomando o porta-retrato. – Agnes tá com a cabeça na lua mesmo. Deixou isso logo no sofá. Me dá aí que preciso esconder.

– Esconder? Por quê?

– Eh... – fez o garoto antes de explicar. – Nossa mãe não quer mais nenhuma foto dele aqui em casa.

– Quem é?

– Nosso pai. Arthur.

Agnes girava a pulseira pela vigésima vez enquanto esperava Viktor. Aquele olhar do delegado fez a garota por um momento se sentir uma criminosa. Ainda que, a princípio, esconder segredos não significasse exatamente cometer um crime.

Num movimento delicado, a garota jogou a cabeça de um lado para o outro, esticando o pescoço. Ouviu um barulho. Voltou-se para trás e viu o namorado se aproximando:

– Tá tudo bem? – ela perguntou.

– Não sei... – ele respondeu, observando a entrada da rádio. – Eles estão escondendo algo... Não gosto disso.

Agnes sentiu um friozinho na barriga.

– Vamos? – o jovem locutor perguntou.

Ela puxou a mão dele:

– Vem cá!

E arrastou-o para um banco de cimento encostado no muro do lado de dentro da rádio. Um poste iluminava pobremente o lugar.

Viktor estranhou.

– O que foi? – quis saber, se sentando. – Tenho aula hoje.

– Preciso confessar algo.

– Quer ver meu quarto?

– Hã?! – Manuela arregalou os olhos diante do convite inusitado feito por André.

– Quer dizer... meus quadrinhos – tentou consertar o garoto. – Coleciono quadrinhos e arrumei tudo hoje.

– Aaahh... – fez a garota. – Por isso o Homem de Ferro, né? – E apontou com o queixo para a camisa do rapaz.

– Sim, sim!

Manuela se levantou e seguiu André até o quarto. A cama e a mesa de estudos estavam na maior bagunça. Ela notou um livro conhecido sobre a mesa.

– *Sequestro em Urbana*? Li no 6º ano ou 7º ano... Adorei!

– Já perdi as contas de quantas vezes reli. É muito bom!

– Muito mesmo!

Manuela devolveu o livro à mesa e examinou a estante ao lado do guarda-roupas. Diferente do resto do quarto, ela estava impecavelmente arrumada.

– Nossa, André! Quanto gibi!

– Tem revista e encadernados. Além de mangás e alguns livros. E uns DVDs também. E eu tô sempre de olho nas promoções que aparecem na internet. Minha mesada não é grande, sabe? Então, tenho que economizar. Só do ano passado pra cá que as coisas aqui em casa começaram a melhorar.

Uma coisa chamou a atenção de Manuela. Ao lado da estante, três pôsteres colados na parede: eram três personagens ruivas.

– Quem são?

– Mary Jane, Pepper Potts e Viúva Negra. São as mais gatas dos quadrinhos! Se eu pudesse, casava-me com uma ruiva!

Manuela era ruiva. Toda sem jeito, a garota achou melhor ir embora logo.

– Tenho que ir, André. Volto depois.

– Não vai esperar Agnes?

– É melhor voltar outra hora.

Percebendo a mancada que dera, o garoto tentou consertar:

– Eh... Quer levar alguma revistinha emprestada?

– Não leio quadrinhos – disse a bailarina, apressada em ir embora.

– Que mancada, velho! – suspirou o *nerd*, desabando no sofá depois de fechar a porta.

13

O segredo de Agnes

Agnes apertou a mão de Viktor.

Estavam de mãos dadas e sentados lado a lado no banco de cimento. O jovem locutor esperou.

Mas bastou apenas mais alguns segundos para Viktor sentir a mão de Agnes apertando novamente a dele, só que com mais força.

Ela queria confessar algo. No entanto, se perguntava como contar.

Ele esperava desconfortável. Por que ela não falava nada? Desse modo, ele iria perder a hora do curso.

De repente, Agnes teve uma ideia.

– Vik, me conte um segredo.

– Hã? – fez o namorado sem entender.

– É um jogo. Mas não encare como uma brincadeira. Leve a sério, por favor!

– OK... Uma espécie de verdade ou consequência? – ele raciocinou.

– Quase isso – ela balançou a cabeça, confirmando. – Somos namorados. Não podemos esconder nada um do outro, certo? Se me contar um segredo, conto um meu pra você.

A ideia de Agnes era a seguinte: se Viktor falasse algo muito sério e ela relevasse, talvez o que ela escondera também fosse perdoado.

– Você começa – ele disse.

O plano dera errado.

– Não! – ela retrucou. – Dei a ideia. Você conta primeiro!

Viktor se perguntava aonde Agnes queria chegar com tudo aquilo.

– Tá...

Agora, o plano tinha dado certo.

O jovem locutor parou um segundo pensando no que falar. Lembrou-se de um fato. Em seguida, encarou a namorada:

– Já roubei.

– Como assim?! – Agnes se surpreendeu.

– Eu era criança. Tinha uns nove anos mais ou menos. E era ano de Copa do Mundo. Estava tentando completar o meu álbum de figurinhas. Só que achava pouco o dinheiro que meu pai dava pra comprar os pacotinhos. E eu queria completar antes que qualquer colega da minha turma. Bobagem minha, eu sei. Mas, num dia, vi a carteira do meu pai sobre a mesa de centro e peguei uma cédula de cinco reais. Em frente ao colégio onde eu estudava tinha uma banca de revistas, e comprei mais pacotes. É claro que não consegui completar o álbum. E meu pai não sentiu falta da cédula ou, pelo menos, não comentou nada. No dia seguinte, peguei mais uma. O álbum continuava incompleto e meu pai mais uma vez não disse nada. Repeti isso mais uma vez. Porém, minha consciência tava pesando, sabe? Ele me dava dinheiro e eu pegando mais escondido. Uma noite, não aguentei e contei que tinha roubado algumas cédulas da carteira dele. Pensei que iria apanhar, achava que merecia, mas não. Ele ficou surpreso. Aliás, duplamente surpreso: por não ter notado e por eu reconhecer meu erro.

– E o que ele fez?

– É claro que me puniu. Fiquei uma semana sem ver TV, sem jogar *videogame*, e ele descontou da mesada o que eu tinha roubado. Antes, quando perguntei se ele iria me bater, ele disse que não. E ainda explicou que confessar o meu erro significava que já estava doendo demais em mim.

Por que Viktor foi contar logo aquela história? E concluir daquele jeito, com aquela frase? Por quê?

Os olhos de Agnes ficaram vermelhos, e ela se segurou para não chorar.

– Sua vez – ele disse, notando a súbita emoção que tomava conta da namorada.

– Menti pra você, Vik.

Viktor ergueu os olhos sentindo um incômodo terrível na barriga. E uma só palavra veio à sua cabeça: Nando. Era isso. Entretanto, não conseguiu falar nada. Só esperou.

– Menti pra você, Vik – ela repetiu. – Lembra quando conversamos no domingo, depois do almoço, lá no sofá de casa?

Ele lembrava. Foi justamente quando perguntara sobre Nando. Se ela já ficara com Nando.

– Menti... – e ela começou a chorar. – Devia ter contado a verdade, mas, naquela hora, senti vergonha. Muita vergonha. Não queria dizer ou sentir isso. Mas não consigo.

Viktor só ouvia, tentando montar o quebra-cabeça. Ao mesmo tempo, o ciúme crescendo dentro dele, fazendo-o cerrar os punhos.

– Porque lembro todo dia de uma das últimas vezes em que saímos juntos. No dia do meu aniversário. Foi o dia mais inesquecível da minha vida, Vik. Só meu pai e eu.

O rapaz se desconcertou. Não estava entendendo mais nada. Pai? Que história era essa? E Nando? Calado estava, calado ficou.

– Era meu aniversário. Meu pai saiu comigo para a praça. Ele não levou André, que estava doente. Então, foi só a gente. Ele disse que iria ser um dia só dele e da sua princesa. E eu o considerava um rei. Meu rei Arthur. E me tomava nos braços, jogava para o alto. Minha mãe disse que naquela época eles já brigavam, mas só me lembro dele brincando comigo no tapete, me derrubando, apertando minhas bochechas e me fazendo cócegas. E, daquele dia, no parquinho da praça, eu correndo, subindo nos brinquedos, no escorrega, e ele acompanhando tudo, comendo a pipoca que tinha comprado pra mim. Eu reclamava: "Não come minha pipoca". Mas, querendo brincar com tudo ao mesmo tempo, eu só beliscava de pouco em pouco, e ele seguia comendo e sorrindo. E me lembro, no final do dia, do meu sorvete derretendo na minha mão. Eu estava morrendo de sono, acho até que cochilei, mas tudo isso não foi sonho. Ele me carregava nos braços, me balançando levemente de um lado para o outro, tentando me acordar com aquele sorriso dele, dizendo: "Minha princesa dorminhoca, seu sorvete vai derreter! Acorda, Bela Adormecida!"

Relembrando as conversas do fatídico domingo, Viktor imediatamente recordou o que Agnes contara sobre a morte do pai. A partir disso, formulou uma hipótese:

– Seu pai não morreu?

– Sim, Vik, ele morreu... Quando eu tinha seis anos. Pouco depois do meu aniversário. – As lágrimas escorriam do rosto dela.

– Num assalto, né?

– Isso – e Agnes hesitou. Depois, emendou: – Mas ele não era a vítima. Ele era o ladrão, Vik. Meu pai era o ladrão! Ele era um dos Falcões-Peregrinos!

14

O passado volta à tona

Viktor se ergueu num salto. A princípio, balbuciou algo incompreensível até para ele mesmo. Contudo, respirando fundo, conseguiu perguntar:

– Há-há dez anos, correto? Seu pai morreu há dez anos, você contou!

– Sim... – Agnes ficou ainda mais nervosa com a estranha reação do namorado.

– Foi no assalto ao Banco do Brasil?!

Agora foi a vez dela se levantar surpresa.

– Foi! Como você sabe?

Os olhos de Viktor estavam vermelhos. Ele se segurava para não chorar. Raiva, dor e saudade esmagavam seu coração. No entanto, sabia que, ao começar a falar, não iria segurar as lágrimas nem as palavras:

– Minha mãe... Minha mãe... Foi atropelada pelo líder dos Falcões-Peregrinos! Ela morreu na fuga do Raphael!

Agnes empalideceu.

Aquele nome.

– Foi Raphael quem acabou com a vida do meu pai! – A voz foi um misto de grito e gemido.

Raphael. Para os dois garotos, aquele era o nome do líder da famosa quadrilha dos Falcões-Peregrinos. Um nome que marcara de modo cruel o passado daqueles dois jovens.

– Agnes...

– Vik...

Ela tentou abraçar o namorado, mas ele a impediu, repelindo o contato com os braços estendidos sobre os ombros da garota.

– Não me abraça agora.

– Vik?

– Por que você não me contou antes? Você me enganou. Seu pai... Também é culpado pela morte da minha mãe!

Machucou muito Agnes escutar aquilo.

– Não, Vik! Meu pai também foi vítima naquele dia!

– Mas ele era um dos Falcões! Se o banco...

– Não fala assim. Isso não vai mudar o passado!

– Não mesmo – ele respondeu seco.

Ambos estavam com as emoções descontroladas. No fundo, queriam se abraçar com toda a força e chorar, chorar de soluçar. Porque lembrar doía.

E a saudade arrasava o coração daqueles dois adolescentes.

No ônibus, Manuela se recordava do quarto de André e do pôster com as três personagens ruivas. Eram da DC ou Marvel? Ela não sabia dizer. Porém, o jeito nervoso do irmão da sua melhor amiga...

A bailarina puxou uma mecha do cabelo ruivo para a frente. Examinou-o.

"Será quê?"

Logo depois, ela abraçou a mochila fortemente.

– Não... Não pode ser...

– É melhor a gente ir pra casa – disse Viktor. – Eu te levo.

– Não... Não quero. – De braços cruzados, Agnes estava magoada com o namorado. – Vou só.

Ela enxugou as lágrimas. Ele segurava a cabeça com a palma da mão sobre a cicatriz. Era como se ela tivesse voltado a doer.

– Tenho que te levar.

– Você não é obrigado a nada – ela asseverou, afastando-se.

Viktor não se moveu. Sabia que para sempre ela iria se lembrar daquele abraço negado. E ele também.

Os olhos de André estavam fixos na tela do *notebook* onde o filme dos *Guardiões da Galáxia* iniciava. No entanto, a cabeça do garoto viajava bem longe.

Agora Manuela sabia que ele estava a fim dela. E André sabia que qualquer esperança tinha ido para o espaço. Ouviu o portão sendo fechado com muita força.

– Agnes?

Viktor ainda estava assustado com tamanha coincidência. Pegou a pipoca no micro-ondas e, ao abrir, o vapor quase lhe queimou os dedos. Despejou o conteúdo fumegante numa vasilha e seguiu para a sala. Lá estava o pai destampando uma Coca.

O mais novo locutor da rádio Veneza FM queria contar tudo para o apresentador do *Amor e Música* e, por isso, não fora para a aula. Entretanto, não sabia como começar. Ainda não tinha assimilado tudo. E sentia raiva de Agnes. Reconhecia que era um sentimento egoísta e injusto. Aliás, toda aquela situação era injusta para os dois. Ele principalmente não tinha sido justo com ela. Não abraçá-la, quando ela mais precisou de um abraço dele, foi cruel demais.

E o que a polícia fazia na rádio Veneza? Era outra pergunta que martelava em sua cabeça. Coisas demais para um único dia. Não tinha condições de ir ao curso naquela noite.

Ao sentar-se no sofá, Viktor notou que o pai enchia os copos de refrigerante até a borda com um olhar vago. Não era somente o adolescente ali que estava disperso. Vicente não perguntara por que o filho chegara em casa tão cedo.

Nas férias divididas em duas quinzenas no ano, o programa preferido de Vicente, nas quartas à noite, era, em geral, acompanhar algum jogo pela TV ao lado do filho. Há alguns anos, os dois ainda iam ao estádio, porém, com o aumento da violência das torcidas organizadas, passaram a ver os jogos através da enorme televisão da sala, comprada para esse fim.

Na tela, os créditos mostravam que a novela acabara. Viktor pegou o controle e baixou um pouco o volume do aparelho antes de quebrar o silêncio:

– O que está acontecendo, pai? Por que a polícia foi na Veneza hoje?

– Você já tá grandinho, né, locutor?

– Hum-hum... – fez o rapaz entendendo pela primeira vez o verdadeiro significado daquelas palavras.

– Dezesseis anos, namorando, o mais novo radialista da Veneza, levantando o ibope, aprendendo a se virar sozinho... Preciso parar de esconder as coisas de você.

Eliana chegou em casa tarde. Maurício não tinha voltado para a delegacia devido a um chamado importante que recebera no caminho, e ela preferiu organizar, pelo menos um pouco, a bagunça que o delegado havia deixado. Foi por isso que ela viu, no computador, imagens de uma câmera de segurança que flagrou o momento em que, ao descer de um veículo, Raphael colocava a máscara de falcão.

Rever aquele rosto em movimento, mesmo que em vídeo e com traços envelhecidos, depois de tanto tempo, fez o estômago dela embrulhar. Uma coisa era saber que Raphael estava foragido e com a polícia de novo em seu encalço. Outra era rever a fisionomia daquele homem que foi apresentado por Arthur como um grande amigo. Era doloroso demais recordar tudo que fosse relacionado àquela tarde da sua vida que ela mais gostaria de esquecer.

Eliana abriu a porta de casa enquanto balançava a cabeça a fim de afugentar as terríveis recordações.

– Agnes? André? – chamou.

– Oi, mãe – A filha se aproximou e ganhou um beijo na testa.

– Cadê seu irmão?

– Enfurnado no quarto como sempre.

– Você tava chorando?

– Ai... – A garota gemeu. Queria que a mãe descansasse um pouco antes de lhe contar. – Quer que faça uma tapioca pra senhora? A história é longa...

– Não, filha... Quero saber o que houve.

– A senhora não jantou ainda que eu sei – Agnes mudou o rumo da conversa. – E deve ter tido um dia muito estressante. Sua testa tá bem marcada.

Eliana disse sem graça:

– Você me conhece bem, né, filha?

– Muito.

– Realmente não tenho algo muito bacana pra falar. Mas você vem em primeiro lugar. Aliás, você e o André.

O garoto havia aparecido na porta:

– Oi, mãe.

– Oi, querido – respondeu, examinando os filhos, de alto a baixo. – Vocês cresceram tanto... Ah, como eu queria protegê-los da maldade que anda à solta no mundo!

Eliana se emocionara, e os dois irmãos se entreolharam, receosos.

– A senhora está nos assustando – disse André.

– O que foi que aconteceu afinal, mãe? – inquiriu Agnes.

No esconderijo dos Falcões-Peregrinos, uma voz gritava:

– Como foi que o delelerdo descobriu?!

– Parece que andou estudando durante esses dez anos.

– Sem brincadeiras, Raphael! Ele suspeita de um de nós!

– Mas, pelo que você falou, não sabe quem. Relaxa! Temos uma vantagem de uma década.

– E uma derrota parcial no currículo, se considerarmos a sua prisão.

– Ah, aquele dia... – disse Raphael, lançando o olhar para o passado. – O dia em que o sonho de ir ao paraíso se transformou em pesadelo e me levou ao inferno.

Sentado no chão do apartamento onde morava só, o delegado Maurício tomava café e ouvia a rádio Veneza FM enquanto relia, em seu *notebook*, os recortes de jornal, os depoimentos das testemunhas, a confissão, para ele, falsa do Raphael, enfim tudo sobre o caso, que salvara num HD externo para continuar investigando.

Não queria parar. Por isso, repassava todas as informações sobre o ataque que ficou conhecido como *O Triste Assalto*.

15

O Triste Assalto

Mês de maio. Sexta-feira. Catorze horas e quarenta e cinco minutos.

Faltavam quinze minutos para o banco fechar. Mas os Falcões-Peregrinos não precisavam de tudo isso. Apenas um minuto bastava. Para eles, a ação passava tão rápido que parecia não durar mais de trinta segundos. Para as vítimas, transcorria tão devagar que havia quem afirmasse ter sido refém por meia hora.

Um carro branco estacionou em frente ao Banco do Brasil. E dele desceram dois homens enquanto um terceiro aguardou na direção.

O primeiro deixou um estojo na gaveta para objetos metálicos e passou tranquilamente pela porta giratória.

O segundo teve sua presença bloqueada. Quando um dos dois seguranças presentes na agência foi verificar, o segundo falcão deu dois disparos contra a porta, quebrando o vidro. O segurança nem tentou qualquer reação, porque o companheiro de turno estava imobilizado pelo primeiro falcão que lhe pressionava uma faca contra o pescoço. Desesperados, todos os clientes se jogaram no chão.

Nesse instante, entrou um terceiro falcão de arma em punho. Ele usava uma jaqueta de couro preta e tinha acabado de descer de uma caminhonete. O veículo partiu, deixando um rastro de fumaça para trás.

O ladrão recém-chegado ordenou:

– Entreguem todo o dinheiro e não inventem gracinhas!

Era Raphael.

Rapidamente, ele recolheu relógios, celulares, carteiras enquanto o segundo falcão apontava uma arma para os caixas entregarem todo o dinheiro. O primeiro falcão continuava com um dos seguranças refém.

Os Falcões-Peregrinos queriam ser rápidos como sempre. Entretanto, nesse dia, o delegado Maurício estava no encalço da quadrilha e o ataque durou mais do que o esperado.

Não haviam terminado o assalto quando escutaram o som de viaturas policiais se aproximando. A caminhonete voltou e buzinou freneticamente em frente ao banco antes de partir. Aquele era o sinal. Algo havia dado errado. Pela primeira vez, os Falcões perderam o controle da situação.

– Droga!

Raphael correu para fora, desistindo de esperar que uma das caixas concluísse a tarefa de lhe entregar todo o dinheiro. O segundo falcão o acompanhou.

O primeiro falcão, que ameaçava o segurança com uma faca, soltou seu refém para fugir. Porém, segundos depois, na calçada em frente ao banco, caiu no chão. Recebera um tiro na perna direita, por trás, na altura do joelho. O segurança que estivera com a faca apontada diante do pescoço se vingara. Pelo menos, aquele ladrão não fugiria. Dentro do banco, as pessoas apavoradas choravam, gritavam e rezavam.

Raphael e o segundo falcão seguiram para o carro branco. O primeiro falcão não conseguiu se levantar, por isso gritou:

– Rapha, me ajude!

– A gente tem que fazer alguma coisa – disse o segundo falcão nervoso com a mão na porta do carro e sem saber se voltava ou entrava.

Ouviram as sirenes das viaturas próximas. Raphael entrou no carro branco e girou a chave. O segundo falcão entrou também. Pelo retrovisor central, os dois criminosos viram uma viatura dobrar a esquina.

– Me ajudem! – O primeiro falcão implorou, tentando ficar de pé. A perna sangrava muito.

Antes de acelerar, Raphael esticou o braço para fora do veículo e disparou contra o companheiro. Duas vezes.

– Cara, o que você fez! – O segundo falcão gritou desesperado.

– Ou era ele ou a gente!

– Ele era nosso amigo! Era o Arthur!

– Que amigo o que, Ignácio? A gente é bandido! Se a polícia pegasse ele, a gente tava ferrado. Garanto que ele iria abrir o bico por causa daquela filhinha dele!

Raphael percebeu que uma viatura policial se aproximava veloz.

– Merda! – E pisou com toda a força no acelerador!

– Desse jeito a gente vai morrer! – berrou Ignácio.

– Você quer esperar o delegado? A gente tá fugindo!

– Se eu sair vivo dessa, vou mudar de vida!

– Para de reclamar feito uma mulherzinha!

– Cuidado!

– Eu não vou parar!

E foi em meio a essa discussão que a tragédia aconteceu.

O sinal ficou vermelho. Mesmo assim, Raphael ultrapassou e virou a esquina, mas a velocidade foi tanta que ele perdeu o controle da direção e subiu na calçada. Uma mãe, que andava de mãos dadas com o filho, ainda conseguiu empurrar o menino para longe um segundo antes de ser atingida pelo carro branco desgovernado e ser jogada com violência contra a parede de uma gráfica. O veículo invadiu o estabelecimento até parar. O *airbag* foi acionado, mas Raphael desmaiou. Ignácio, se recuperando do susto e vendo que ainda estava inteiro, abriu a porta e saiu correndo, fugindo por uma ruela.

Na cena do acidente, ecoou o choro de uma criança. Ela havia batido o supercílio numa pedra da calçada e sangrava.

– Ma...mãe... Ma...mãe... – o menino só repetia depois de se levantar.

E ele se aproximou da mulher caída. Era Karen. E o garoto, Viktor.

– Mãe! Mãe! Acorda, mãe! Eu quero ir pra casa! Eu quero ir pra casa, mãe! – e se jogou sobre ela, abraçando o corpo já inerte. Para sempre.

Ao virar a esquina, o delegado Maurício viu a triste imagem. Alvoroçado, desceu do carro ainda em movimento e, correndo, alcançou as duas maiores vítimas daquele triste assalto.

– Mãe! Mãe! Levanta! Tá doendo, mãe! – o garoto passou a mão na testa ferida! – Mãe! Mãe! – as lágrimas e os soluços sufocavam o pobre menino. – Tá doendo aqui fora e aqui dentro, mãe!

Maurício não conseguiu dizer nada. Olhou ao redor. Havia fracassado. Chegara tarde demais.

Na volta ao banco, um dos policiais entregou uma pequena carteira de couro para o delegado. Nela, havia uma identidade e duas fotos. Uma, de uma menina sorridente com um sinal no braço esquerdo. E outra, de um menino de olhar meio medroso.

– Pode deixar que me encarrego disso – avisou Maurício.

Não foi difícil localizar a família de Arthur.

Quando o delegado bateu à porta do apartamento num prédio meio velho da periferia, que não contava com porteiro e cujo portão de entrada estava escancarado, quem abriu a porta foi uma menina de seis anos. O delegado reparou também que ela tinha um sinal no braço esquerdo. Era a garotinha da foto.

– É o seu pai, Agnes? – Maurício ouviu uma voz vinda lá de dentro.

– Não... É a polícia, mãe – respondeu a pequena Agnes, olhando para o distintivo do delegado.

Eliana assomou à porta, assustada. Andava desconfiada dos "bicos" que o marido fazia ultimamente.

– Posso falar a sós com a senhora? – pediu Maurício.

– Filha, entre! Vá brincar com seu irmãozinho, vá!

Agnes pegou sua cadeirinha na sala. Foi para o banheiro e a colocou sobre o tampo do vaso sanitário, a fim de chegar mais perto da janela que dava para o corredor do prédio. Queria escutar. E ouviu a pior coisa da sua vida.

– Houve um assalto no Banco do Brasil hoje à tarde.

Novo ataque dos Falcões-Peregrinos. E o seu marido, infelizmente... faleceu.

– Meu marido? Ele estava no banco? – Eliana desatou a chorar. – Ele não me disse nada que iria ao centro...

O delegado achou melhor esclarecer logo:

– Na realidade, ele era um dos Falcões-Peregrinos. E foi assassinado por um dos membros da própria quadrilha.

No banheiro, o lábio de Agnes tremia enquanto as lágrimas escorriam fartas pelas bochechas que seu pai nunca mais apertaria.

16

Conversa séria

– Dormiu bem, filha? – perguntou Eliana assim que Agnes entrou na cozinha.

A garota havia dormido muito mal. Acordara várias vezes durante a noite. Decidiu não mentir:

– Não, mãe...

O rádio sintonizado no *Dia Bom* da Veneza tocava a música *Segredos*, do Frejat:

E eu vou tratá-la bem / Pra que ela não tenha medo / Quando começar a conhecer / Os meus segredos.

Agnes diminuiu o som e desligou.

Eliana sorriu. Em seguida, encheu duas canecas de leite enquanto falava:

– Não se preocupe. As coisas vão se ajeitar. Maurício vai prender Raphael de novo e você vai se acertar com Viktor.

– Eu deveria ter contado logo tudo.

– Não se culpe. Você é vítima de toda essa história tanto quanto ele.

– Vocês estão falando de Harry Potter? – quis confirmar André, se aproximando. – Será que o nosso bruxinho ainda vai pra sua festa no sábado? Ele é o *DJ*.

– O aniversário! – A garota suspirou, impaciente. – Não seria melhor adiar, mãe? Até mesmo cancelar?

– Não, não – negou Eliana, colocando uma caneca ao lado do prato de Agnes e outra do de André. – Já fechei contrato com o bufê e tudo mais. No seu aniversário de quinze anos não pude fazer. Vai com um ano de atraso, mas a festa vai sair sim. Festa anos 1980! Vai bombar! – vibrou a mãe dos dois irmãos, tentando imitar um adolescente. – Aliás, Teresa já separou uns vestidos. Passe lá pra provar. E não se esqueça de relembrar a festa aos seus amigos, tá?

Agnes se limitou a concordar com a cabeça.

Vicente parou a moto em frente ao colégio e Viktor desceu. O filho tirou o capacete, entregou ao pai e perguntou:

– O senhor não vai pra delegacia hoje?

– Não, não – respondeu Vicente, colocando o capacete de Viktor no braço. – Seu Adalberto enviou uma mensagem logo cedo, pedindo que ninguém comparecesse. Como não fomos intimados, é melhor não falar nada pra não nos comprometermos. Se o delegado Maurício quiser saber algo de nós, terá que mandar uma intimação.

– Hum... Entendi...

– Ah, e se anime. Logo você se entenderá com Agnes.

– Tomara. Mas quando?

– Talvez você tenha uma oportunidade agora. – E, com o queixo, indicou a garota que acabava de descer do ônibus.

Agnes olhou rapidamente na direção da moto antes de subir a rampa de entrada do colégio.

– Ana Luísa, Caio e Leonardo, vocês podem me acompanhar só um instante?

André, que tomava água no bebedouro, escutou quando o diretor Meireles convocou os três professores. Eles tinham acabado de chegar. Nessa hora, o garoto desejou ser o Homem-Formiga. Queria escutar aquela conversa.

Provavelmente o motivo da breve reunião não era segredo para ninguém. Até mesmo bem previsível: os dois celulares roubados de alunos do 1º ano B.

O garoto se sentou no banco de plástico ao lado do bebedouro, abriu um encadernado dos Vingadores para ler enquanto esperava o sinal de início das aulas tocar.

No lado de dentro da diretoria, Meireles iniciou:

– Ontem à tarde conversei com os demais professores. E como vocês não trabalharam nesse turno, vou resumir o que pedi. Quero que redobrem o olhar para os alunos do 1º ano B. Infelizmente, temos um estudante roubando os colegas de sala. Já sumiram dois celulares. E precisamos descobrir logo quem está por trás disso. Os pais estão me pressionando, questionando a segurança e até mesmo a formação educacional que damos aos alunos. Por favor, qualquer pista que tiverem, me avisem.

– Se ele está roubando os celulares dos colegas, significa que ele precisa de dinheiro – raciocinou Ana Luísa.

– E de ajuda, Lu – assomou Caio.

– Que ajuda coisa nenhuma! Ele precisa é de uma lição! – bradou Leonardo enérgico. – Esse ladrãozinho tem que ser entregue pra polícia! Lugar de marginal é na cadeia!

– Vocês têm razão, Ana Luísa e Caio – disse o diretor Meireles como se não tivesse ouvido o comentário do professor de Geografia. – Não podemos julgar o caso sem conhecer as causas. Por isso, conto com o apoio e a observação de todos os docentes.

André ainda estava sentado no banco de plástico quando viu Ana Luísa, Caio e Leonardo saindo da diretoria. Ele acabou ouvindo parte da fala do professor de Geografia:

– Nunca que vamos descobrir quem é o ladrãozinho. Agora, alguém entre eles conseguiria isso muito fácil. Era melhor que o diretor colocasse um detetivezinho entre os alunos...

E o *nerd* teve uma ideia.

No entanto, seus pensamentos foram interrompidos pelo toque da mão de Manuela em seu ombro. Surpreso, ele nem soube o que dizer.

Estranhando a reação do garoto, a bailarina repetiu:

– Eu perguntei: cadê Agnes?

– Ela desceu do ônibus comigo. Não está na sala?

– Não.

– E no banheiro?

– Também não. Nós só vamos juntas.

– Ela não entrou no colégio?

Nesse segundo, o celular do garoto tocou. Uma mensagem havia chegado. Era da irmã:

Maninho, não vou assistir aula hj.
Tô conversando com Vik.

Ñ se preocupe comigo.
Vou ficar bem.

– Ela não vem – ele sentenciou.

– Como assim? – quis saber Manuela.

– Deve estar se acertando com Vik.

– Ah... Que coincidência, não?

– Aham... – concordou André, recordando que, antes de dormir, ouviu Agnes contando sobre aquela triste coincidência com a amiga.

Manuela se abaixou para beber água. O jato frio tocou na pequena marca no lábio inferior da garota. André, que observava a cena, sentiu raiva de todos os ladrões do mundo.

17

Heróis e vilões

Come up to meet you, tell you I'm sorry /
You don't know how lovely you are.

Viktor e Agnes se sentaram numa das mesas da lanchonete dentro do supermercado perto do colégio. O rádio, sintonizado na Veneza, tocava *The Scientist,* de Coldplay.

– Agnes...

– Vik...

Eles começaram e interromperam a fala ao mesmo tempo. Um aguardou o outro prosseguir.

– Acho que te magoei muito ontem – Viktor quebrou o silêncio.

– E eu deveria ter confiado mais em você – a garota o interrompeu.

– Se hoje não tenho minha mãe ao meu lado, a culpa é dos Falcões-Peregrinos. Então, tudo o que se refere a eles dói, machuca e me dá muita raiva.

– Não vou dizer que meu pai era um homem perfeito. Ele era membro da quadrilha. Ele tem sua parcela de culpa, sim. Mas... Tento só me lembrar das coisas boas... É uma tentativa inútil de querer mudar o passado.

– Me desculpa. Mas...

– Você não consegue ver o lado bom de nenhum Falcão-Peregrino. Eu entendo.

– Não vejo seu pai como você vê. Pra mim todos os Falcões são como Raphael.

– Ou seja, capazes de fazer qualquer coisa pra se darem bem. Mas meu pai não mataria. Meu pai jamais faria o que Raphael fez. Pelo menos, é nisso que acredito e quero continuar acreditando. No depoimento de Raphael, ele disse que atirou no meu pai justamente porque sabia que ele não tinha a frieza necessária pra acabar com a vida de ninguém.

Passaram alguns segundos calados. A música tocou:

Oh, take me back to the start.

– Que coincidência, não? – Viktor quebrou o silêncio.

– Demais – concordou Agnes, olhando para a cicatriz na testa do namorado. Tocou de leve nela. – Você não contou a origem dela quando perguntei.

– Mas não menti. Só pedi pra explicar depois, porque era um episódio doloroso.

Agnes se calou.

– Não quero ficar brigado com você.

– Nem eu.

– Te amo demais, Agnes. E essa minha raiva toda é justamente por querer amar você sem qualquer barreira.

– Mas não hesitou em colocar uma.

O rapaz sabia exatamente ao que ela estava se referindo. O abraço negado.

– Tudo isso me deixou louco. Eu sei que errei. Mas me perdoa.

Agnes abaixou a cabeça por um segundo.

– Desculpa – ele insistiu.

– Desculpa – ela também pediu.

Encostaram as cabeças. A testa apoiada uma na outra. E ficaram assim, em silêncio, de olhos fechados, sentindo a presença e o carinho que tinham de sobra.

Ao fundo, a música tocava:

Nobody said it was easy / Oh, it's such a shame for us to part / Nobody said it was easy / No one ever said it would be so hard / I'm going back to the start.

– E com essa música do Coldplay, o *Dia Bom* vai chegando ao fim! – anunciou Bruno. – Muito obrigado pela companhia e fiquem sempre comigo! Ah, após o intervalo, padre Homero chega com o programa *A Hora da Oração.* Rádio Veneza FM, o melhor da música ao seu ouvido!

Os comerciais entraram no ar juntamente com Camila e padre Homero no estúdio.

– Bom dia, Bruno! Cansado?

O radialista, que apresentava o programa das cinco às nove da manhã, esfregou os olhos vermelhos.

– Tô – confirmou, se espreguiçando. – Não dormi nada essa noite.

– Parece até que fez hora extra – disse o padre com um sorriso.

Bruno não gostou. Pensou que padre Homero estivesse insinuando algo.

– O que faço fora da rádio só interessa a mim – disse o apresentador matutino de modo grosseiro. – Acostumado a ouvir confissões, o padre quer saber demais.

– Hum... Cheio de segredinhos! – fez Camila, tentando aliviar a tensão. – Ou seriam pecados? Pelo visto, você não anda se confessando regularmente, né, Bruninho?

– Tchau, Camilinha! – ele respondeu, recolhendo o celular e a carteira da mesa.

– Por que tanta pressa, meu filho? Estamos só brincando um pouco. Não se chateie. A pessoa que mais esconde segredos aqui sou eu – riu o religioso.

– Vocês falam como se eu estivesse cometendo algum crime – resumiu Bruno e saiu.

Camila ergueu a sobrancelha esquerda e encarou o padre Homero:

– Aí tem! Bruno está aprontando alguma. Tenho certeza!

Antes do fim do intervalo, lá estava Caio, o professor de Literatura, aguardando pelos alunos na sala. André viu junto às cadernetas um livro, *As aventuras de Robin Hood*. O garoto só sabia do básico sobre o personagem: um fora da lei que roubava dos ricos para dar aos pobres. Pelo menos essa era a versão da lenda que corria de boca em boca. Contudo, pela grossura do livro, havia muito mais coisas nessa história.

– Bom dia, professor!

– Bom dia, André! Como andam suas leituras?

– Vão bem. Como tô *maratonando* todos os filmes da Marvel, tô lendo mais quadrinhos nesses dias. Tava relendo há pouco *Guerra Civil*. Mas, e esse Robin Hood?

– É a versão de Alexandre Dumas sobre um dos fora da lei mais legais da história.

– Legal e ladrão? Meio contraditório.

– Dumas conta a história de um jeito diferente. Mas, André, às vezes, a gente não pode dicotomizar tanto.

– Hã? Dico-tomizar? Como assim?

– Será que sempre há bonzinhos de um lado e mauzinhos de outro? Talvez, na realidade, classificar as coisas assim seja complicado.

André se lembrou das conversas de Agnes sobre o pai. Ela não conseguia enxergá-lo como um monstro porque se recordava nitidamente dos momentos incríveis que tinha passado com ele. E outra: no quadrinho que estava relendo, dois personagens do bem, o Homem de Ferro e o Capitão América, não brigavam, e um colocava o outro no lugar de vilão?

– Quem comete um crime pode ser, na verdade, uma boa pessoa? – raciocinou o garoto.

– É uma possibilidade. Não há respostas exatas para tudo.

– Mas há vilões também no mundo.

– Sem dúvida. Eu não disse que não existiam. Há pessoas más, sim. Porém, há outras que não. Talvez estas estejam só precisando de ajuda.

– O que o senhor quer dizer? – André não sabia se estava acompanhando bem a argumentação do professor.

O sinal tocou.

– Está na hora da aula. Vá pensando no que falei. Nem sempre tudo é o que parece.

O garoto foi para sua cadeira enquanto Caio deu bom-dia, cumprimentando toda a turma:

– Bom dia! Bom dia! Vamos lá, pessoal! Todos se acalmando que o intervalo já acabou. Abram o livro novamente no capítulo 6, que vamos conhecer um pouco mais sobre as novelas de cavalaria.

– A coisa tá feia – fofocou Carol para Manuela ao se sentar na cadeira ao lado. As duas estavam próximas de André. Ele ouvia. – Tem uma fila de pais para conversar com o diretor Meireles. Quero ver se ele não vai descobrir o ladrãozinho e achar o meu celular!

– Em menos de uma semana, perder dois aparelhos não é fácil – suspirou a bailarina. – Agora vou ficar um bom tempo com um bem velhinho. Ai, que chato... Como eu queria meu celular de volta!

E então André se lembrou da ideia que teve ao ouvir a conversa dos professores no início da manhã.

18

Mais um, menos um

– E vamos para a participação dos ouvintes. A enquete de hoje é: do que você tem mais medo? Responda e ganhe muitos prêmios – explicou Giovanna ao microfone. O programa de variedades *Navegando* havia começado. Uma das marcas era justamente a participação dos ouvintes. – Alô? Com quem eu falo?

– Teresa – respondeu a voz do outro lado da linha.

– Oi, querida! Você trabalha com quê?

– Sou dona de uma loja de vestidos para festas. Alugamos, vendemos, todas essas coisas.

– Depois vou querer o endereço – avisou a apresentadora do *Navegando,* simpática. – Você já participou do nosso programa?

– Não. É a primeira vez. Mas na loja só escuto a Veneza. O dia inteiro. Todos os dias.

– Isso é que é ouvinte fiel! Muito obrigada pela audiência – agradeceu a radialista. – Então me conte pra ganhar um prêmio surpresa: do que você tem mais medo?

– Da violência – respondeu Teresa. – De todas as formas de violência. Essa onda de assaltos a banco está apavorando todos os comerciantes do centro também. Uma cidade assim não é um bom lugar pra se morar. Me preocupo com o futuro, sabe? Estou grávida.

– Que lindo, Teresa! E entendo seu medo. A violência assusta e deixa traumas. Porém, falemos de coisas boas: pela participação, você vai levar pra casa um par de ingressos para o cinema.

– Você não faz ideia de como meu marido tá precisando! – riu a ouvinte. – Se ele me escuta dizendo isso na rádio... *Vixe*! Ele me mata.

– Não, não! Sem violência – pediu Giovanna. – Muito obrigada pela participação, Teresa. Agora, vamos aos nossos comerciais.

Assim que os comerciais entraram, Luan, que estava no estúdio, disse:

– Quero ter filhos com uma mulher que tenha uma voz tão linda quanto a sua!

– Ai, que cantada horrorosa... – reclamou a radialista, revirando os olhos.

– Segura as pontas aí! – ele disse, se levantando e pondo o boné para trás.

– O que vai fazer? Você não pode sair agora.

A resposta foi apenas uma piscadela marota.

O delegado Maurício brincava de atirar os clipes da caixinha na xícara de café vazia. Após o último, que bateu na borda e caiu fora, ele se levantou e deu uma volta em si mesmo, como procurando um caminho que não encontrava.

– Eles não virão.

Olhou para o relógio da parede. Quase meio-dia.

– Nunca que o juiz vai assinar uma intimação obrigando o pessoal da rádio a depor. Não tenho prova nenhuma, minha hipótese é um pouco frágil e minha pista mais ainda. E será que ela está errada? Mesmo se estivesse, por que nem seu Adalberto veio? Ele não teria nada a temer. Seria só uma conversa. Talvez seu maior interesse seja preservar a rádio. Sendo assim, colaborar informalmente também seria uma escolha mais acertada e tranquila. A não ser que... – o delegado estalou os dedos. – A não ser que ele esteja realmente escondendo alguma coisa.

– Minha mãe também comentou sobre essa hipótese do delegado de que Raphael não é o verdadeiro líder. Mas alguém da rádio envolvido? Seria possível? – questionou Agnes após Viktor explicar a causa da visita de Maurício à rádio Veneza no dia anterior.

– Foi isso que, segundo meu pai, o delegado Maurício deu a entender nas entrelinhas.

– O que fez o delegado pensar nisso?

– Não faço a menor ideia. Meu pai também não.

– Nem minha mãe... – Agnes fez uma pausa antes de prosseguir. – Ela não entendeu direito essa história de visita à rádio. Mas, se o delegado estiver certo, quem poderia ser?

– Qualquer um dos radialistas – respondeu Viktor. – Bruno, padre Homero, Giovanna, Gordão, seu Adalberto e meu pai. Esses são os que trabalham na rádio há mais de dez anos.

– Esses são todos locutores. Além desses, alguém mais?

– Tem Camila, a filha do seu Adalberto. Ela sempre esteve por lá desde pequena e já apresentou alguns programas. Hoje é só coordenadora da programação artística. E Júlio, o repórter de rua, estagiou na Veneza como locutor antes de ser contratado. Mas não sei se o estágio foi há tanto tempo assim.

– Idades do pessoal?

– Por volta dos quarenta, excluindo seu Adalberto. Luan e eu somos os mais jovens. Camila tem 35 e Júlio fez 30 no mês passado.

– Hum... – fez Agnes. – Então, deixa eu ver. Júlio deveria ter uns 18 anos na época... Poderia ser membro dos Falcões. Mas líder? Só se considerarmos a possibilidade de uma mente criminosa precoce.

– Júlio? Acho difícil... Parece tão gente fina.

– Todos são culpados até que se provem inocentes.

– Acho que a frase é outra, meu amor.

– Não neste caso. Cada um parece esconder um segredo. Isso explicaria por que ninguém foi conversar com o delegado.

– Ordens do seu Adalberto.

– Só por isso?

– Ou justamente por tudo isso. Ele é admirado e respeitado por toda a equipe.

– Hum... – fez Agnes de novo. – A gente teria que investigar todos eles pra saber.

– Confesso que é quase impossível acreditar que um deles seja o líder ou até mesmo membro de uma quadrilha de assaltantes – disse Viktor.

– Acho que agora você me entende – falou a namorada com um sorriso triste.

Viktor não respondeu de imediato. Depois, concordou:

– Você tem razão. Agora, o que a gente pode fazer?

A garota fez um bico com os lábios enquanto pensava.

Faltavam cinco minutos para o encerramento da aula do professor Leonardo, quando uma mãozinha tímida se ergueu. Era Neto. André estranhou. Neto nunca participava das aulas. Era daqueles alunos que entrava mudo e saía calado sem questionar qualquer coisa sobre o assunto.

– Professor...

– O que foi, Neto?

Diante do silêncio, o garoto hesitou. Uma parte dos alunos que já guardava o material olhou enviesado para o colega. Não era hora de ninguém fazer mais nenhuma pergunta. Todos queriam ir embora logo.

– Por favor, deixem Neto falar – pediu Leonardo.

O garoto esperou até que todos se aquietassem. E respirou fundo, antes de contar:

– Roubaram meu celular.

Leonardo deu um murro no quadro. Todos os alunos se assustaram com a reação do professor.

De olhos arregalados, André procurou Manuela, que estava igualmente espantada, além de boquiaberta.

A situação tinha se tornado insustentável.

19

Os três mosqueteiros

Viktor e Agnes desceram do ônibus. Não se deram às mãos, mas sentiram falta disso. Sabiam que necessitavam de um tempo. Tudo se ajeitaria. Sem pressa.

Andando pela calçada, a garota pegou o celular do bolso e conferiu se a mãe tinha respondido à mensagem que enviara. Nada. Era melhor ligar logo para ela. Eliana atendeu:

– Oi, filha!

– Oi, mãe! A senhora já saiu pra almoçar?

– Sim, sim. Acabei de chegar no restaurante. Saí um pouco atrasada da delegacia. Aconteceu alguma coisa?

– Não, não. Só queria avisar que não vou almoçar com André hoje. Estou com Viktor.

– Tá tudo bem com vocês?

– Acho que sim... Quando a senhora chegar em casa, a gente conversa com calma.

– Certo. Vou passar na casa de festas assim que sair do trabalho. E você não se esqueça de provar o vestido, ouviu? Nem se esqueça de reforçar o convite aos seus amigos.

– Tá certo, mãe! Não se preocupe. Beijo! Te amo! Tchau! – e Agnes desligou. – Tudo limpo.

– E se ele não nos receber? – indagou Viktor.

– O delegado pode até não aceitar nossa ajuda. Mas acho que vai nos escutar. Isso ele vai. Aquela cara de surpresa que fez ontem na rádio quando a gente entrou na sala de convivência só pode ter sido porque reconheceu a gente.

– Mais uma vez, você tem razão – Viktor assentiu com a cabeça, concordando.

Viram a delegacia. Aceleraram o passo.

Ao entrarem, perguntaram a um dos policiais que jogava *Candy Crush* na recepção se o delegado Maurício se encontrava.

– Ah, nossos nomes são Viktor e Agnes. Sou filho de Vicente, locutor da rádio Veneza FM, e também trabalho na rádio – acrescentou o rapaz, com postura altiva e voz firme. – Ele está esperando pela gente e já sabe do que se trata.

Após o banho, Manuela tocou na marquinha do lábio diante do espelho do banheiro. Ficava triste toda vez que se lembrava do assalto e do ferimento na boca. Logo na boca.

Para a garota, todas as suas amigas já tinham beijado. Só ela que não. Manuela tinha pressa.

Pensou em Nando. Será que na festa de Agnes ele olharia para ela? A bailarina da turma teria alguma chance com o garoto mais bonito da escola?

Seria perfeito! Melhor par no melhor lugar. Antes do beijo, uma troca de olhares, ele afastando carinhosamente o cabelo dela...

Cabelo. Ruivo. Ruiva.

Aí Manuela se lembrou dos pôsteres no quarto de André. Será que o irmão da sua melhor amiga estava a fim dela? Não. Não era possível. Mas, se ela própria nutria um amor secreto, romântico, pelo Nando, será que o André sentia o mesmo por ela?

– É impossível! – E, com gestos rápidos, a garota prendeu os cabelos num coque.

Precisava se arrumar. À tarde, teria aula de balé.

– Criativa a desculpa, hein, Viktor? Mas, pelo que me lembro, você não foi convidado pra conversa... Então, os dois me digam: o que vieram fazer aqui?

O delegado Maurício não parava de alternar o olhar entre a cicatriz acima da sobrancelha direita de Viktor e o sinal no braço esquerdo de Agnes. Duas das muitas marcas que a vida daqueles adolescentes carregavam.

– A gente quer ajudá-lo – explicou Agnes.

– Queremos os Falcões-Peregrinos presos de novo – ajuntou Viktor.

Durante toda a manhã, Maurício esperou por alguém da rádio. Qualquer um dos radialistas servia. Mas não. Ninguém aparecera. Tudo em vão. Agora, no entanto, quando já se arrumava para almoçar, recebera o aviso de que dois jovens, sendo um deles locutor da rádio Veneza, o procuravam. Viktor e Agnes. A garota à sua frente era a filha de Eliana e tinha vindo justo no horário de almoço da mãe. Intencionalmente ela evitara o encontro, adivinhou o delegado.

– Agradeço a ajuda. Porém, não posso...

– E queremos o verdadeiro líder preso também – reforçou Agnes a fim de demonstrar apoio à tese de Maurício.

– O que vocês sabem sobre isso? – inquiriu Maurício. – Eliana contou algo? Ela não...

A garota não sabia se tudo o que a mãe contara na noite anterior era segredo. Contudo, como tinha começado a falar, o jeito seria completar logo tudo de uma vez.

– Se eu não deveria saber, perdoe a minha mãe, delegado – disse a garota. – Mas achamos que o seu raciocínio faz todo o sentido: Raphael não está sozinho nesse caso e esconde alguém maior por trás disso.

– As pistas são claras – apoiou Viktor, mesmo não conhecendo nenhuma delas.

Por um momento, o delegado Maurício pensou que a dupla estivesse blefando. Entretanto, pela primeira vez, estava diante de duas pessoas que realmente acreditavam nele. Pena que eram apenas dois adolescentes.

Do outro lado, Viktor e Agnes aguardavam. Na verdade, não tinham opinião formada sobre a tese levantada pelo delegado. Eliana não fornecera muitos detalhes para Agnes. E, para os dois, desde crianças, Raphael era o líder dos Falcões-Peregrinos. Era o que ouviam e o que a justiça e a mídia confirmavam. No entanto, depois do que Eliana e Vicente contaram, apoiar a hipótese do delegado era uma boa forma para conseguirem se envolver nessa história.

Simpatizando com o casal à sua frente, o delegado Maurício decidiu escutá-los:

– Continuem, por favor.

– Você desconfia de alguém da Veneza – disse Viktor. – Trabalho na rádio. Acredito que posso ser útil de alguma forma. Estou lá praticamente todos os dias. Posso ser os olhos e as orelhas de que o senhor necessita.

Maurício balançou a cabeça, avaliando.

– Vicente e Eliana sabem que vocês vieram me procurar?

– Não, não, delegado – apressou-se Agnes em confessar. – E, se possível, não fale nada pra minha mãe, por favor.

– Não vou metê-los nessa – e Maurício se encostou no espaldar alto da poltrona enquanto coçava a barba. – Seria imprudência demais minha, concordam? Mas, por outro lado, sei que se depender do seu Adalberto e do pessoal da rádio Veneza, excetuando você, Viktor, continuarei na mesma. – E fez mais uma pausa antes prosseguir: – Aproveitando que já está aqui mesmo, pode me responder duas ou três perguntinhas, Viktor?

– Claro!

– Certo. Então, me confirma uma coisa: o quadro de radialistas da rádio Veneza mudou muito pouco de dez anos pra cá?

– Exato. Bruno, padre Homero, Giovanna, Gordão, seu Adalberto e meu pai são os locutores que continuam na equipe.

– Mas nenhum deles *pôde vir* – frisou o delegado – conversar comigo hoje. Qual o motivo?

Viktor hesitou antes de considerar que não havia nada demais em contar:

– Seu Adalberto pediu pra que ninguém viesse. Como não foi uma intimação formal, ele deve ter achado melhor que nenhum locutor aparecesse pra não se comprometer à toa.

– Se não há nenhum segredo para guardar, por que a censura?

– Censura é uma palavra forte, delegado. Pelo que meu pai disse, foi mais um pedido. Seu Adalberto se dedica à rádio com muito trabalho e carinho. E nós, funcionários, somos sempre ouvidos. Talvez ele tivesse medo de envolver o nome dela com a polícia.

– E ele teria algum motivo especial para evitar isso? – quis saber o delegado.

– A rádio Veneza vai mal das pernas. Ibope baixo, dificuldades em encontrar bons anunciantes...

– Problemas financeiros.

A conclusão de Maurício silenciou o diálogo por alguns segundos.

– Por que o senhor só suspeita dos radialistas da Veneza? – perguntou Viktor. – Por que não outro tipo de funcionário ou até mesmo outra emissora de rádio?

– Prefiro guardar esse meu segredo por ora.

Viktor e Agnes se entreolharam.

O silêncio voltou a se instaurar entre o trio.

– Mais alguma pergunta?

– Por ora, não, Viktor. E, neste momento, vocês não poderão me ajudar em nada.

– Tudo bem. De toda forma, se precisar, pode contar com a gente. – O rapaz se levantou e apertou a mão do delegado. – E, se soubermos de algo, avisamos.

Agnes repetiu o gesto e reforçou:

– Delegado, não comenta nada com minha mãe, por favor.

– Não se preocupe. Não direi nada. Também não comentem com ninguém que estiveram aqui. Ah, não inventem de se meter em perigo, hein? – brincou, apertando amistosamente o ombro de Agnes e Viktor.

A dupla sorriu. Queria ajudar a solucionar um problema e não se meter em um.

20

O ultimato do delegado

Gordão entrou no estúdio de transmissão com uma sacola de compras. Giovanna riu da bolsa cheia de salgadinhos e biscoitos. Na mão, o apresentador do *A vespa* ainda trazia uma latinha de refrigerante.

– Você não esbarrou com a Camila no corredor, esbarrou? – perguntou a locutora do *Navegando* com um sorriso.

– É claro que não, Gio. Se ela me visse, iria confiscar minha comida. Não tive tempo de almoçar hoje.

– Por quê? – perguntou a colega de trabalho, retirando um batom da bolsa. – Conversando com o delegado eu sei que não estava.

– Curiosa você, hein? – reclamou Gordão. – Eu estava resolvendo umas coisinhas particulares.

– Hum... – fez Giovanna, passando o batom. Depois, apertou os lábios, espalhando a cor. – Cheio de segredinhos, o senhor Gordão.

– Ah! Não bastam as preocupações nas últimas semanas e você ainda quer me aperrear? – O radialista se sentou na cadeira e abriu a sacola. – Quer um biscoito recheado ou um salgadinho?

– Nenhum dos dois. Quer acabar com minha dieta? E acho que você não reparou que acabei de retocar a maquiagem.

– É mesmo... Vai se encontrar com quem? – indagou Gordão, arqueando as sobrancelhas.

– Curioso você, hein?

– Cheia de segredinhos, a senhora Giovanna – ele brincou.

– Perdi alguma coisa?

Nessa hora entrou Luan, enxugando as mãos na calça. Como nenhum dos dois respondeu, ele retrucou.

– Qual é? Estão escondendo algo?

Nenhum dos dois respondeu. Gordão rasgou o silêncio com a abertura de um salgadinho.

– Gordão trouxe comida para o estúdio – disse Giovanna sorrindo, antes de sair com um tchauzinho.

Numa lanchonete próxima à delegacia, Viktor comentou:

– Foi impressão minha ou...

– Ele vai precisar da gente – asseverou Agnes.

– Será?

– Nenhum dos locutores compareceu hoje para colaborar, e sobre a hipótese que ele levantou, de que há alguém da rádio envolvido, não existem provas suficientes que convençam algum juiz a emitir um mandado. Minha mãe disse que ele tem certezas, mas parece que não tem provas ou o que ele descobriu ainda é insuficiente.

– Você quer dizer que...?

– Somos as únicas esperanças dele.

– Ele desconfia do pessoal da rádio – retomou o jovem locutor. – Isso ainda é meio absurdo para mim.

– Já falei, Vik, todos são culpados até que se descubra quem é o verdadeiro líder.

Na delegacia, Maurício apontava com extrema perfeição a ponta de um lápis quando Eliana abriu a porta.

– Cheguei, delegado. Tudo bem?

– Sim, sim. Resolveu todas as coisas no centro?

– Sim. Tudo certo com a casa de festas e com o bufê. Muito obrigada mesmo por me liberar um pouquinho.

– Não precisa agradecer. Estamos aqui pra ajudar uns aos outros. Sua filha merece.

– Muito obrigada – agradeceu a secretária mais uma vez, notando no "sua filha merece" um tom diferente. Talvez fosse só impressão. – Está precisando de algo?

– Se puder, me traga um café. Aliás, dois. Dos grandes.

– O senhor almoçou?

– Não – riu o delegado. – Tive uma pequena reunião nesse horário.

– Tomar muito café com a barriga vazia não faz bem. O senhor está necessitando de umas férias.

– No hospício.

– Hã?!

– Se eu não resolver esse caso desta vez, vou pedir afastamento. Creio que estou ficando perturbado mesmo por continuar acreditando que haja um líder que não Raphael. O juiz também não autorizou meu mandado de busca – pegou uma folha e largou-a em seguida. – E, olhando fixamente as duas cadeiras vazias à frente, completou: – O pior é que já estou reconhecendo minhas sandices.

Quando Viktor entrou na recepção da Veneza FM, viu Camila de saída.

– Já vai, Camila?

– Oi, Vik! Já... Ah, sua namorada gostou da rádio?

– Muito! Ela mandou um abraço pra todo mundo.

– Mande outro de volta. Pena que o delegado Maurício estragou um pouco a visita.

– Falando nisso, por que seu Adalberto não liberou o pessoal pra conversar com o delegado?

– Essas conversas nunca são inocentes. Quando alguém diz que não está observando nada, tá mentindo. O objetivo é pegar o outro desprevenido.

O estômago de Viktor se contorceu. Sentiu que falara demais.

– Ninguém tem nada para esconder, né? Ou teria?

– Não coloco minha mão no fogo por ninguém – disse Camila com ênfase.

– Por quê?

– E eu sei o que cada um apronta ou deixa de aprontar ao sair daqui?

– Você desconfia de alguém? – questionou o jovem locutor.

– De alguém que esteja envolvido? Não, não... Não tem ninguém metido nisso, não! Mas que há gente aprontando, ah, isso há!

– Você se refere a quem?

– Bruno – respondeu Camila sem qualquer rodeio. – Pode anotar. Ele está aprontando alguma. Ainda não sei o que é. Mas pode ter certeza. Ele anda muito esquisito. Outros dois que andam meio aéreos esses dias são a Giovanna e o Gordão. Se bem que Vicente e padre Homero também não são santos... Tá todo mundo muito ocupado para o meu gosto. Ainda vou descobrir o que é. Você vai ver. Agora me deixe ir que estou atrasada – completou a filha do seu Adalberto.

– Pra onde você vai?

A resposta foi uma piscadela e um beijo na bochecha.

– Aí tem... – murmurou Viktor.

21

Escondendo o jogo

Na sexta-feira pela manhã, enquanto preparava um lanche para levar ao trabalho, Eliana relembrou à filha:

– Não se esqueça de reforçar o convite aos seus amigos.

O turbilhão de coisas que transcorreu nos últimos dias tomara completamente a cabeça de Agnes. Ela não estava mais em clima de festa, contudo não dava para adiar.

A mãe continuou:

– Está tudo bem com Vik? Além de seu namorado, ele é o *DJ*...

– Sim, sim. Estamos ficando bem de novo.

– Agora o que você anda fazendo tanto que ainda não foi experimentar o vestido?

– Ih, mãe! – disse a garota, erguendo-se abruptamente. – Vou perder o primeiro ônibus. Tenho que ir! – E deu um beijo na mãe antes de completar: – Não vou esperar pelo André hoje. Avisa que já fui!

Minutos depois, na padaria, em frente ao prédio da Veneza FM, Agnes esperava. Dentro da rádio, na recepção, Viktor esperava a saída de Bruno. A desculpa, na ponta da língua. Na quinta à noite, após chegar do curso e contar para a namorada a conversa que tivera com Camila, os dois adolescentes elaboraram um plano. E agora colocavam-no em prática.

O apresentador do *Dia Bom* atravessou tão rápido a recepção que Viktor, ao digitar uma mensagem para Agnes, quase o perdeu de vista. Levantou-se, então, correndo e, na pressa, quase bateu a porta de vidro no padre Homero.

– Cuidado, Vik.

– Perdão, padre Homero – pediu o rapaz. – É que eu tô atrasado.

– Não se preocupe com o tempo, meu filho. Tudo na vida só acontece na hora certa.

O jovem locutor fez cara de quem não entendeu muito bem. O religioso acrescentou:

– Às vezes achamos que estamos atrasados quando, na verdade, estamos adiantadíssimos!

No entanto, Viktor não queria as palavras de conforto do padre radialista naquele momento.

– Amém! – respondeu, correndo para evitar que seu suspeito fugisse.

No estacionamento, o rapaz viu o apresentador do *Dia Bom* destravando o carro.

– Bruno! Bruno!

– Oi, Vik. Você por aqui a essa hora?

– Cê tá indo pra casa?

– Não, não...

– Pra onde você vai?

Bruno franziu o cenho e não respondeu. E Viktor percebeu que, se o radialista do programa matinal pudesse, estaria lendo seus pensamentos.

– Por que você quer saber, Viktor?

– Porque, dependendo pra onde você for, eu queria uma carona.

– Vou pros lados do centro...

– Perfeito! É pra lá mesmo que eu tô indo.

– Mas não vou chegar exatamente no centro...

– Não tem problema. Desço onde você ficar e de lá pego um ônibus.

– Não, não – rebateu Bruno com veemência. – Quer dizer, lembrei que tenho que pegar um material em casa.

– Ah, então não vou mais pro centro. Mas aproveito a carona. Meu prédio fica próximo ao seu. Me deixa num ponto perto.

– Tá – disse o veterano, sem disfarçar o contragosto.

A terceira aula terminou juntamente com mais um discurso proferido pelo diretor Meireles, que tomou 50 minutos. Contudo, os comentários sobre o roubo dos três celulares do 1º ano B prosseguiram no início do intervalo.

– Tá na cara que o ladrãozinho não vai se entregar – afirmou Nando enfático. – O diretor tá perdendo tempo com esse discurso bobo.

– Só sei que quero meu celular de volta – asseverou Carol. – O responsável vai ter que pagar. Ou ele ou o colégio. Quero nem saber!

– Por que será que ele tá fazendo isso? – perguntou André. – Pra que roubar os próprios colegas de sala?

– Quando descobrirem a identidade do aluno que está por trás disso tudo é que vamos descobrir – disse Manuela.

O *nerd* assentiu.

– Ele tem mais é que ser expulso – assomou Neto. – Tô com Nando e Carol. Esse ladrãozinho tem que pagar pelo que fez.

Analisando todos aqueles comentários, André sentiu a manga da camisa sendo puxada com discrição. Era Manuela.

– Nenhuma mensagem de Agnes?

– Um segundo – pediu o garoto, desbloqueando o celular. – Tem. Não vi que tinha chegado. Ela está com Vik. De novo.

– Como a gente já imaginava – sorriu a bailarina. – Onde será que eles estão?

– Não faço a menor ideia.

– Eles devem estar resolvendo alguma coisa da festa de amanhã.

O *nerd* achava que não. Agnes não precisaria faltar por conta disso. A mãe cuidara de quase tudo.

– Você vai, né, Manu?

A bailarina fez uma careta de ofendida.

– É claro! Agnes é minha melhor amiga, André! Que pergunta!

Bruno deixou Viktor na parada. No trajeto, quase não trocou palavras com o garoto e acelerou nos sinais amarelos que encontrou pelo caminho. Para o jovem locutor, era evidente que o apresentador do *Dia Bom* tinha pressa. Só não soube distinguir se para chegar em casa mesmo ou para se livrar do carona.

Diante do prédio de Viktor, o radialista parou o carro. E o rapaz percebeu que Bruno também ligara a seta, indicando que iria retornar. Ao descer, Viktor perguntou:

– Você não ia pegar uma coisa que esqueceu?

– Não vou precisar mais. Tchau, Vik – e, levantando o vidro automático, saiu, cantando pneus.

O jovem radialista tomou o celular e enviou uma mensagem para Agnes:

Bruno tá mesmo escondendo alguma coisa!

– Alô? – Bruno atendeu. – Estou a caminho. Tive um pequeno contratempo. Eh... Um engarrafamento pra variar. Mas estou chegando. Não, não.... Pode ficar tranquilo. Não desisti. Você bem sabe que não desisto fácil dos meus planos.

Cada um encostado de um lado do elevador, mas pensando na mesma coisa: quantas vezes subiram ali abraçados, trocando beijinhos afoitos. E os dois, ao perceberem que estavam se empolgando demais, se desgrudavam sem graça. Isso quando o elevador não parava em outro andar antes para alguém entrar.

Agora, como a primeira investigação tinha dado errado, Viktor chamara Agnes para lanchar. O rapaz morava perto da rádio, e o pai tinha comprado uma torta de chocolate com recheio de morango na véspera. Algo muito raro de acontecer. E como a dupla teria que esperar mais umas duas horas para se encontrar com Gordão, nada mais justo que comesse algo nesse meio tempo. Além de que Agnes adorava morango.

O elevador chegou ao quarto andar. Saíram. Em seguida, Viktor abriu a porta do apartamento.

E eles tomaram um susto.

Havia uma mulher na cozinha. Naquele momento, talvez, ela tenha querido fugir, voando tão rápido quanto um falcão-peregrino. Porém, não adiantava mais. Já havia sido vista.

– Giovanna?!

Por um segundo, o rapaz duvidou se estava abrindo a porta do apartamento certo, no entanto, ao conferir o número na porta, viu que não estava enganado.

– Vicente...? – chamou a apresentadora do *Navegando* em direção à sala.

O apresentador do *Amor e Música* apareceu. Os olhos do jovem locutor encontraram os do seu genitor. Se o pai de Viktor tivesse vontade de matá-lo, a oportunidade chegara.

22

Constrangidos

– Você não deveria estar no colégio?

Visivelmente furioso, Vicente indagava a presença inesperada e indesejada de Viktor. O radialista abaixou o volume do som.

Agnes queria sair dali, voando. O namorado, em vez de responder, perguntou, na defensiva:

– O senhor não iria passar a manhã fora?

O pai não respondeu. Giovanna se aproximou de Vicente.

– Não se preocupe – sussurrou. E, como se nada tivesse acontecido, se voltou para os recém-chegados: – Querem lanchar?

– Ainda tem torta? – perguntou Agnes, ainda encabulada, mas ajudando a apresentadora do *Navegando* a diminuir a tensão.

– Tem – ela respondeu, sorrindo. – Agora os pratos estão todos sujos. Agnes... É Agnes, né? Esses aí são muito bagunceiros. Será que você me dá uma mãozinha?

– É claro! – apressou-se em concordar a garota.

– Viktor, vem aqui um segundo – chamou Vicente.

– Tá... – respondeu o filho de modo quase inaudível.

Entraram no quarto do jovem locutor.

– Vocês não pensavam em...

– Não, não!

– Então, o que vocês estavam fazendo? Gazeando aula? Fizeram as pazes e ficaram bem muito rapidinho, né?

Viktor concluiu que a melhor resposta era uma nova pergunta:

– Pai, o senhor e Gio tão namorando?

– Não muda de assunto e responde o que perguntei – cortou Vicente.

– A gente não tá fazendo nada de errado. Faltamos à aula sim, mas para adiantar um trabalho. Aí, me lembrei da torta que o senhor trouxe ontem, e viemos comer um pedaço antes de entrevistar o Gordão.

– Gordão? O que ele tem a ver com essa história toda?

– É um vídeo pra um seminário da escola. Se o senhor acha que é mentira, pode ligar pra ele – e estendeu o celular.

Viktor não blefava. Havia sim um álibi. O jovem radialista combinou um encontro com o apresentador do *A vespa* às dez e meia no *shopping*.

– Essa história está mal contada. Perder aula pra resolver um trabalho que poderia fazer à tarde na rádio mesmo... Depois a gente conversa direito, Viktor Rodrigues. Já está quase na hora de levar Gio pra Veneza. Mas faço questão de ver os dois jovenzinhos pegando o ônibus no ponto certo.

– OK, OK, Vicente Rodrigues.

Na cozinha, Agnes queria cobrir a cara com o pano de prato, enquanto enxaguava os talheres. A radialista começou:

– Vocês não iam...

– Não! Não! – interrompeu Agnes, vermelha.

– Você tem quantos anos?

– Faço dezesseis sábado. Às vezes, a gente se empolga um pouquinho, mas somos muito jovens ainda... Aí, seguramos a onda.

– A *Onda Jovem* – brincou Giovanna.

– Isso! – riu Agnes, disfarçando a timidez.

– Vocês estão certos. Mas na vida, minha querida, saiba que é a mulher quem decide tudo, viu? Absolutamente tudo. Somente a gente sabe tomar as decisões corretas. Qualquer uma, entendeu? O que vai rolar, se vai rolar, quando, com quem... Todas essas coisas.

As duas ouviram pai e filho voltando.

– Já temos pratos e talheres suficientes – disse Giovanna para Agnes. – Vamos comer logo essa torta pra ver se você fica menos vermelha.

– Tá bom – riu a garota, tentando se mostrar menos envergonhada.

No intervalo, André, sentado em um dos bancos, observava a cantina. A fila estava enorme, e ele imaginando quem poderia, entre os colegas do colégio, ser o responsável pelo roubo dos celulares.

As hipóteses eram várias.

A possibilidade de ser um aluno de outra turma também existia, mas, para o garoto, era pequena. Era proibido que os alunos de outra sala entrassem na que não era deles. E até mesmo os meninos da turma, como Nando, Neto e Viktor, este antes de namorar Agnes, brincavam de barrar os engraçadinhos, como os meninos do 9º ano, que, volta e meia, queriam invadir as salas do corredor do Ensino Médio.

Descartando essa hipótese, só poderia ser mesmo alguém da turma, que teria a vantagem de conhecer os hábitos e manias dos colegas e, consequentemente, calcularia a melhor hora para cometer os crimes sem ser percebido.

Um aluno, que pegava o dinheiro na carteira, deixou cair um livro que carregava debaixo do braço. A estudante que estava atrás imediatamente o recolheu e o devolveu ao dono.

André se lembrou das palavras do professor de Literatura e disse para si mesmo:

– Quem roubou tá precisando de ajuda. E urgentemente.

23

A lista de André

Viktor e Agnes aguardavam Gordão na praça de alimentação do *shopping*. Mas cada um de um lado da mesa. Agnes se lembrou da última vez que estiveram ali pra comer *pizza*: estavam abraçados, conversando besteira e dando risada.

De repente, a mão de Viktor pousou sobre a da namorada como uma ave à procura do ninho. Ela aceitou o carinho e colocou a outra sobre a dele, num gesto de aconchego. Olharam-se ternamente por alguns segundos e então explodiram numa gargalhada.

– Que vergonha, Vik!

– Meu pai vai me matar!

Desde que saíram do apartamento, o casal ria de nervoso com aquela cena da manhã. Divertiam-se. O mal-estar dos dois já se dissipava.

– E aí, Vitão? E aí, namorada do Vitão?

Gordão se aproximou suado e esbaforido. Parecia ter literalmente corrido para chegar na hora. E o ar-condicionado do *shopping* ainda não tinha surtido efeito sobre ele.

– É Agnes, Gordão. Esqueceu, foi?

– Foi mal, Agnes. Esses dias andam meio loucos pra mim. Muita coisa acontecendo ao mesmo tempo.

A dupla se entreolhou. O apresentador do *A vespa* continuou:

– Mas, e aí? Já pediram algo pra comer? Ainda não tá na hora do almoço. Mas tô morrendo de fome. Vamos de quê? Hambúrguer? *Pizza*? Acho que já tá saindo *pizza* nesse horário.

– Calma, Gordão – pediu Viktor. – Segura um pouco essa fome! Temos um assunto sério pra tratar.

O radialista estranhou:

– É aquele negócio de gravar uma entrevista e um trecho de um livro para a apresentação de um trabalho de Literatura na escola?

Agnes sorriu sem jeito. Fora ela quem teve essa ideia. Como ele apresentava *A vespa* antes de Viktor e saía logo em seguida, era impossível conversar com calma na rádio

Veneza. Sem falar que lá não era o lugar ideal para falar sobre os Falcões-Peregrinos e as suspeitas do delegado Maurício.

– Na verdade isso foi uma desculpa que usamos para conversar com você fora da rádio, Gordão – confessou Viktor.

– Pra que esse mistério todo? – inquiriu Gordão, franzindo a testa. – O que houve?

– Queremos saber se você acha que alguém da rádio pode estar metido com os Falcões-Peregrinos?

– Não! É claro que não, Viktor! Que ideia absurda! – exaltou-se o radialista, voltando a suar. – Aquilo é maluquice daquele delegado. Impossível uma coisa dessas. Maurício tem fama de que não gira bem das ideias.

– Como assim? – quis saber Agnes.

– Quando ocorreu o assalto do Banco do Brasil dez anos atrás, Vicente comentou que o delegado achava que Raphael não era o líder da quadrilha. Mas era, sim! Foi provado, e até ele mesmo confessou.

– Tem muitos criminosos que mentem – argumentou Viktor.

– Não nesse caso – cortou Gordão. – Raphael se deixaria ser preso, pegar uma pena grande, sem abrir a boca? Bandido não tem amigo, não. Eles só tão juntos enquanto os esquemas dão certo. Depois que a casa cai, é cada um por si.

Agnes olhou para Viktor. Gordão não sabia que o pai da garota era um dos membros dos Falcões-Peregrinos.

No entanto, o que ele acabara de falar soou como se ele soubesse algo a mais. Além disso, o locutor parecia desconfortável por algum motivo, gesticulando e se mexendo muito enquanto falava.

– E se a hipótese do delegado estiver certa e esses comentários forem apenas difamação para desacreditar o trabalho dele?

– Não é, não. – e se levantou. – Um minuto que preciso ir ao banheiro.

Agnes e Viktor trocaram um olhar. Gordão, a pessoa de quem menos desconfiavam, acabava de se tornar bastante suspeito.

– Vicente? – estranhou Camila ao entrar na sala de convivência e notar a presença do radialista, que estava de férias. – Por aqui a essa hora? Não vai aproveitar seus dias de lazer, não?

O apresentador do *Amor e música* terminou o copo de água que tomava e respondeu:

– Já tô de saída.

Ela olhou para ele, ressabiada.

– Você tem o seu segredo e eu tenho o meu – ele piscou.

Nesse momento, o celular de Camila tocou. Ela recusou a ligação.

– Não vai atender?

– Você tem o seu segredo e eu tenho o meu – ela piscou de volta.

Os dois sorriram, cúmplices. Ele saiu. Ela retornou a ligação.

À tarde, logo após o almoço, André desenhara uma sala de aula com trinta e dois alunos. E refletia consigo mesmo.

"Essa é a minha turma. E é um deles que tá roubando os celulares dos colegas. Dessa lista, posso cortar: Manu, Agnes, Viktor e o meu nome, é claro. Depois disso, posso cortar os nomes dos alunos que tiveram seus celulares roubados: Carol e Neto. Manu já foi cortada da lista. Sobram 26 nomes. Se usar a tese de Caio, ou seja, de que o ladrão precisa de ajuda..."

O garoto coçou a cabeça.

"Como saber quem precisa de ajuda? De certa forma, todo mundo necessita de alguma. E como investigar 26 alunos? E quais critérios posso utilizar pra listar esses nomes? Um amigo não roubaria o outro do mesmo grupo? E para que os celulares? Vender? Dinheiro? Se alguém da turma tá querendo dinheiro, qual seria o motivo? Dificuldades na família? Mas a tal ponto de roubar os colegas de sala em vez de pedir emprestado? Nossa! Drogas? Isso seria terrível... Alguém apresentou comportamento estranho que indicasse qualquer uma dessas coisas nas últimas semanas?"

André tirou algumas cópias na multifuncional do cantinho de estudos da mãe. Diante das duplicadas, decidiu: para cada hipótese, riscaria alguns nomes da turma e, em seguida, confrontaria esses dados.

Ele iria descobrir. Tinha certeza de que iria descobrir. Sabia que se prestasse atenção aos detalhes, encontraria a resposta.

O celular tocou.

– Tudo revisado e pronto na rádio. Mas não pude atender naquela hora. Tinha gente por perto.

– Muito bom, muito bom! Você era exatamente o que a gente precisava.

– Às vezes penso que essa foi a pior escolha que fiz na minha vida. Ninguém nunca mais vai se orgulhar de mim.

– Não pense demais. Pensar demais faz mal. Simplesmente aja! Aja como um Falcão-Peregrino.

24

Preparativos

O dia do aniversário de Agnes chegara: 7 de maio, sábado.

A garota acordou meio cansada. Não dormira bem durante a noite. Sonhou com um monte de coisas, despertando várias vezes na madrugada. A investigação do caso dos Falcões-Peregrinos com as lembranças do pai e as expectativas para a festa de aniversário se misturavam. A cabeça e o corpo pareciam pesar mais que o normal.

Esticando o braço direito até o criado-mudo, pegou o celular. Eram oito e cinquenta. E as notificações pipocavam silenciosas na tela do aparelho. Hora de ver as marcações dos amigos e dos nem tão amigos assim e sair curtindo tudo loucamente para dar conta das mensagens.

Entretanto, a tarefa mal iniciara e foi interrompida pela mãe, que apareceu na porta do quarto. Eliana não disse nada e logo se sentou ao lado da filha, dando um abraço bem apertado.

– Te amo.

Agnes sorriu feliz, desejando que aquele abraço nunca acabasse.

A família da garota não era afeita a declarações de amor ou demonstrações diárias de afeto, embora ela sempre soubesse que estavam presentes. E aquelas palavras fizeram bem ao espírito da adolescente.

– Também, mãe.

– Você tá se tornando uma mulher – continuou Eliana, fitando o busto da filha e deixando-a um pouco constrangida. – A festa está atrasada em um ano. Mas não vai passar em branco.

– Não precisava...

– Quando eu tinha catorze anos, queria muito, muito uma festa de quinze anos. Porém meus pais não puderam me dar, e eu disse pra mim mesma que se eu tivesse uma filha ela teria uma grande festa. Ano passado, as coisas estavam bem difíceis pra gente. Mas, depois da minha nomeação no concurso da Secretaria de Defesa Social, a nossa vida financeira foi se organizando.

– Muito obrigada, mãe!

Eliana, visivelmente emocionada, deu um cheiro nos cabelos da filha e se levantou:

– Deixa eu arrumar as coisas. Esses dias foram muito intensos e ainda temos algumas pendências pra resolver. Ah, o salão está marcado às catorze. Não vá chegar atrasada, viu?

Agnes assentiu.

Assim que a mãe saiu do quarto, a garota retirou o porta-retratos que guardava embaixo do colchão. Ela beijou a foto do pai e apertou-a contra o peito. A imagem registrava-a nos braços de Arthur naquele inesquecível dia no parque.

Agnes sentiu que sua felicidade não estava completa. Talvez nunca mais estivesse, e ela deveria aprender a viver com isso.

No esconderijo dos Falcões-Peregrinos, Raphael desligou o celular e explicou:

– O ataque dessa vez deverá ser ainda mais rápido e preciso. Haverá uma festa na casa de eventos da mesma rua do banco.

Após ouvir a informação do Falcão veterano, de jaqueta preta, a ave mais jovem do bando, a sua frente, perguntou:

– A gente não vai se arriscar demais?

– Filhote, tá com medinho, é? Somos os Falcões-Peregrinos – asseverou Raphael, ríspido. – Os outros é que devem ter medo de nós.

Viktor gastara demais. Essa foi a constatação que o próprio fazia, observando o extrato da conta bancária. Pelo que se lembrava do que tinha parcelado no cartão, maio seria grande demais para o dinheiro que mal tinha sobrado na primeira semana do mês. E ele ainda tinha que comprar um presente especial para Agnes. Como sempre, deixava para resolver as coisas de última hora, fosse estudar ou comprar um presente. E ainda tinha que organizar a *playlist* da festa.

Balançou a cabeça, afugentando os pensamentos atribulados. Um problema de cada vez. Primeiro, o presente. E só tinha um jeito: recorrer a um método que ele evitava desde que começara a trabalhar na rádio.

Então, o jovem locutor escolheu um contato entre as chamadas mais recentes e ligou. Do outro lado da linha, parecendo que estava com o celular na mão, o interlocutor atendeu de imediato:

– Oi, Vik.

– Pai?

– Sim. Tudo bem?

– Tô precisando de um dinheirinho do senhor emprestado... Ou melhor, o cartão...

Parcelar uma dívida com o pai, sem juros e em parcelas suaves, era a melhor alternativa para ser um endividado feliz.

– O que você quer comprar?

– O presente de aniversário de Agnes.

– Você ainda não comprou?!

– Meus irmãos e ouvintes, mesmo diante de um mundo violento, não podemos perder a fé, a esperança e o amor pelo próximo.

O quarto estava escuro apesar de ser nove e meia da manhã. Com o rádio ligado, Graziela se apegava às palavras do padre Homero a fim de se reerguer. No entanto, o medo tomava conta da jovem. Às vezes, ele ia embora, como um passarinho que abandona temporariamente o ninho. O regresso, porém, era desesperador. Por causa disso, ela só comia, tentava dormir e evitava sair de casa. Sem contar o desânimo para fazer qualquer atividade. Ela só se sentia segura no próprio quarto.

Quando alguém bateu à porta, Graziela colocou o travesseiro sobre a cabeça. Não queria ver ninguém. E repetiu os versos da oração que o padre proferia.

Assim que Camila desligou o telefone, seu Adalberto apareceu à porta do escritório dela na rádio Veneza.

– Filha, por favor, faça um levantamento de tudo que sabemos sobre os Falcões-Peregrinos. No jornal de hoje à noite, vou dar ênfase ao caso.

Camila notou que o pai estava com o celular na mão.

– Ah, era o Júlio – afirmou ele, como se adivinhasse o que a filha iria dizer. – Já falei com ele e pedi umas entrevistas. Toda a cidade anseia que essa nova onda de ataques acabe o mais breve possível. Com certeza, teremos uma boa audiência na rádio se fizermos uma reportagem especial, relembrando todos os roubos que ocorreram ao longo da semana e das ações da quadrilha dez anos atrás. Não se esqueça de divulgar ao longo da programação e nas redes sociais.

Ela assentiu e, depois, perguntou:

– E o delegado Maurício? Será que ele voltará a nos procurar?

– Não me preocupo com ele. Essas suspeitas não fazem o menor sentido. E toda essa fixação dele por um líder, que não Raphael, só faz todo mundo confirmar que ele não bate muito bem da bola.

O dia transcorreu lento, e agora o relógio de pulso marcava dezessete e doze.

Maurício esfregou os olhos com as mãos. Não dera nenhum passo nos últimos dias. E, para completar, o que Agnes e Viktor lhe contaram não adiantara. Nem confirmava nem desconstruía sua tese. Um dos locutores da rádio

Veneza estava envolvido nesse mistério todo. Essa era a pista que recebera.

Mas quem?

O delegado procurou sobre o amontoado de papéis uma caneta. Não achou. Abriu uma gaveta. E reparou no convite que havia ali. Ele recebera de Eliana, sua secretária. Era do aniversário de Agnes. A filha do falcão Arthur.

Grampeado ao convite, duas senhas. Porém bastava uma. Maurício não tinha companhia. E chegou à conclusão de que estava trabalhando demais. Trabalhando demais e continuando sem respostas. Talvez fosse melhor dar uma volta para arejar as ideias.

Há quanto tempo ele não era convidado para uma festa de adolescentes? Como era mesmo uma festa de adolescentes?

Fechou a gaveta com força.

– Eu vou! – disse pra si mesmo, pondo uma das senhas na carteira.

25

A festa

Anoiteceu.

Os convidados chegavam.

Suando muito dentro de uma jaqueta de couro preta, Viktor já embalava a festa como *DJ*, tocando um clássico dos anos 1980, do The Clash:

Darling, you've got to let me know / Should I stay or should I go?

O rapaz analisou o salão de festas. Nenhum sinal da aniversariante.

Eliana trouxe um pratinho de salgados e o deixou numa bancada próxima ao namorado da filha. Com um penteado alto e um vestido de estampa animal, estava igualzinha àquelas mães de filmes antigos da *Sessão da Tarde*. Ela disse:

– Agnes te ama. Se ela errou, não foi por amar de menos – e fez uma pausa antes de prosseguir. – Mas não vou me meter. Vocês já são grandinhos e se viram muito bem sozinhos. E parabéns pela *playlist*! Está perfeita!

Meio tímido com o comentário, ele colocou uma coxinha na boca e agradeceu com um sinal de positivo.

Quando Eliana se afastou, Viktor apalpou o presente no bolso da calça. Vez por outra, repetia esse gesto para se certificar de que ele ainda continuava lá. E tinha conseguido algo com um significado especial. Esperava que a namorada gostasse.

– Ei, André, cadê Agnes? – perguntou ao ver o irmão dela passando em frente à mesa de som.

– Ainda não chegou – respondeu André, parecendo um típico almofadinha dos anos 1980 com um suspensório sobre a camisa social.

– Não é festa surpresa pra Agnes aparecer depois de todo mundo.

– Relaxa, Harry Potter. Ela já saiu do salão. Mandou mensagem agorinha. Daqui a pouco tá por aqui.

– Ah, nem elogiei. A ideia da festa no estilo anos 1980, meio *Stranger Things*, foi legal!

– Nem sei como Agnes topou.

– Ela queria fugir daqueles vestidos de debutantes – confessou Viktor.

– Agora tá explicado – disse André, que em seguida viu Manuela conversando com sua mãe.

A ruivinha da turma estava linda com um colete e de calça *jeans* de cintura alta. Aproveitando a passagem de um garçom, o *nerd* pegou duas Cocas e se afastou de Viktor sem dizer nada.

– Quer, Manu?

– Quero – ela aceitou.

– Agnes tá demorando muito – reclamou Eliana. – Mais meia hora e acho que todo mundo já chega.

– Calma, mãe. Ela tá vindo. É só esperar.

– Eu sei... Mas, mesmo assim, eu deveria ter ido buscá-la.

O celular foi atendido.

– Tudo pronto! – Raphael respondeu antes de qualquer pergunta.

– Perfeito!

– Posso contar uma coisa?

– O que foi? Algum problema?

– Você não vai acreditar quando eu contar de quem é a festa que tá rolando na mesma rua...

– Ela chegou! Ela chegou! A música, Vik! A música! – pediu Manuela.

O rapaz obedeceu prontamente e pôs para tocar *Like a Virgin*, da Madonna.

E não pôde conter um sorriso do tamanho do mundo ao ver Agnes.

“Linda, linda!”

Ela estava com um vestido preto e justo, os cabelos curtos e cacheados, como a própria Madonna no *clip* da música gravado em Veneza, na Itália. E Agnes ficou vermelha ao perceber que todos os olhos se voltaram para ela.

Num impulso, Viktor desceu do lugar dedicado ao *DJ* para se encontrar com Agnes. Entretanto, seu caminho foi atravessado pelos parentes e por alguns colegas de turma que queriam parabenizá-la. O jovem locutor teria que esperar. E tocou novamente no bolso. Sim, o presente seguia ali.

“Sem pressa, Vik. Sem pressa”, pensou.

Uma presença despertou a atenção do rapaz. O delegado Maurício andava perdido e nitidamente encabulado entre os convidados.

Viktor trocou um aceno com o delegado que, ao responder, quase derrubou a bandeja de um dos garçons.

O celular foi atendido.

– Não seria mais perfeito! – era a voz de Raphael. E eufórica.

– O que foi?

– Adivinha quem acabou de chegar pra festa?

– O papa.

– O delelerdo.

– O que ele tá fazendo aí?!

– Não se estresse. Ele está à paisana.

– O que ele tá fazendo aí? Você sabe ou não?

– Calma! Veio pra festa, ué. De penetra ele não tá. Bateu um nervosismo, foi?

– Você pare de rir. Tudo deve estar planejado e previsto. Não gosto de novidades em cima da hora.

Viktor estava bravo. Todo mundo tinha Agnes menos ele. Todos tiravam foto com ela, abraçavam-na, e ele ali sem direito a nada. O rapaz não escondia mais a cara emburrada. Enfiou umas três empadinhas na boca.

Por isso, quase engasgou quando a sentiu atrás dele. Ele sabia. Era ela. O perfume conhecido chegara antes.

Ele forçou a deglutição da massa de empadas para elogiar:

– Você tá linda! Linda!

– Menos, tá? – ela sorriu encabulada. – Você também. Tá parecendo o Tom Cruise em *Top Gun*.

– A ideia era essa – Viktor riu. – Mas já tava ficando preocupado.

– Esses negócios de roupa e cabelo demoram.

– Você tem razão. Eu que estava louco pra ver você.

Agora foi a vez dela rir.

– Vem cá! – Viktor puxou Agnes, driblando as mesas e os convidados.

– E as músicas?

– A *playlist* já tá toda montada. Pode tocar sozinha. Agora é a hora da gente aproveitar um pouquinho.

André não se sentia tão à vontade no salão. Todo mundo cantava, dançava, se divertia, e ele só observava.

Foi quando viu Nando se afastando para o jardim. E percebeu que, antes de sair, o colega de sala lançava olhares desconfiados de um lado para o outro do salão, como se verificasse não estar sendo observado.

André estranhou. Resolveu segui-lo.

26

Surpresas

– Manu, viu Nando? – perguntou Carol, se aproximando da garota. – Ele tá com uma daquelas camisas de jogador de basquete.

– Não, não – respondeu Manuela sem tirar os olhos da calça rosa choque que a colega de sala usava. – Também estou procurando por ele.

– É? – a colega fez uma careta de desdém. – Se encontrar, avisa que tô procurando por ele. Dá uma olhadinha no salão de novo, por favor. Vou dar um pulinho no jardim.

– OK... – fez Manuela enquanto Carol se afastava.

"OK, nada! Vou com você!", pensou logo em seguida. E seguiu-a rumo ao jardim.

Longe de tudo e de todos, do outro lado da rua, Viktor envolveu Agnes num abraço quente e beijou-a com vontade. Ela retribuiu com a mesma intensidade. Era hora de esquecer as mágoas. De perdoar. E de amar.

I get lost in your eyes

And I feel my spirits rise

And soar like the wind

Is it love that I am in?

A música *Lost in Your Eyes*, de Debbie Gibson, embalava aquele momento de Agnes e Viktor. Ambos sentiam gotas de suor escorrendo pelas costas ao mesmo tempo em que a barriga se revirava intensamente. E Agnes sentiu algo mais. O coração bateu mais forte. Mas, diferente das outras vezes, não afastou Viktor. Deixou que ele ficasse. Saberiam o momento de parar. Pouco depois, o rapaz se afastou um pouco.

– Te amo, Agnes.

– Também, Vik.

– Às vezes, acho que a nossa história já está escrita.

Ela sorriu:

– Você acredita em destino, Vik?

– Se é destino ou não, não sei. Só sei que apesar de tudo foi bom nos encontrarmos. Ela deu mais um beijo nele.

– Tenho um presente pra você – disse Viktor.

– Se esquecesse, apanhava – brincou Agnes.

Então, ele riu e retirou do bolso um pequeno estojo. O nervosismo atrapalhou a abertura. Era um lindo pingente com o desenho de uma ave.

– É uma águia.

– Por que uma ave de rapina? – Agnes questionou sem entender a escolha do namorado.

– Diferentemente de um falcão, a águia não tem o voo mais rápido do mundo. Ela voa mais alto. Voando alto e sem pressa, se tem a melhor vista da paisagem e da vida.

– Vik... É lindo! O presente e o significado! Mas deve ter sido caríssimo!

– Não se preocupe. Eu parcelei no cartão do meu pai.

Agnes riu e, em seguida, se virou, oferecendo o pescoço ao namorado. Ele colocou o pingente e logo depois deu outro beijo na namorada. Um pouco mais intenso.

– Já tão extrapolando... Vou lá – disse Eliana para si mesma, achando que estava sozinha.

– Deixe os dois – Alguém a reteve.

– Delegado? O senhor veio?

– Precisava arejar a cabeça.

– Que bom! Mas não veio a caráter – ela observou.

– Estou como o ator lá do filme *O guarda-costas.*

– Isso já é anos 90! – corrigiu Eliana, para, mais uma vez, pousar os olhos no casal de adolescentes do outro lado da rua. – Eles tão um pouco afoitos! São apenas crianças!

– Faz tempo que Agnes e Viktor não são mais crianças. E eu desconfio de que eles tenham mais inteligência emocional que a gente – Maurício fez uma pausa. – Você não precisa se preocupar. Vamos voltar lá pra dentro antes que eles nos vejam e estraguemos o momento dos dois.

André escutou um barulho atrás de si e se escondeu mais ainda.

– Ai, Nando... – era Carol. – Não acredito que você tá fumando de novo? Vou embora.

Nando jogou o cigarro fora e soprou a fumaça de lado.

– Não, não, Carol – ele segurou-a. – Vou parar. Prometo.

– Tuas promessas não tão valendo de nada!

André franziu o cenho.

– Não fala assim. E é cigarro normal, desses que vende em padaria, supermercado...

– Pra mim é droga do mesmo jeito! Você disse que iria pedir ajuda aos seus pais para parar.

– Você me perdoa?

– Por hoje ou pelo que você andou aprontando na última semana?

O *nerd* à espreita sentiu um baque no estômago.

– Shhhh! – Nando repreendeu Carol. – Fala baixo! Quer que descubram?

– Estamos sozinhos. Mas tudo bem. Não vim aqui pra brigar com você.

– Eu sei... Eu sei...

E ele envolveu-a num abraço. Beijaram-se.

Nessa hora, ao se virar, André notou a figura de Manuela também oculta entre as folhagens do jardim. A luz de um poste da rua detrás perpassava a copa da árvore sob a qual ela estava escondida.

Acreditando não ser vista, a bailarina deixou duas gotinhas iluminarem seu rosto e uma delas salgar a pequena cicatriz no lábio.

Foi quando todos escutaram a explosão.

27

Fim de festa

Todos se assustaram. Ninguém sabia de onde tinha vindo aquele tremendo barulho.

Ali, mais adiante na rua do salão de festas, Viktor, Agnes e Maurício seguiram para o foco da fumaça, curiosos.

Ao ver a dupla adolescente correndo do outro lado da rua, o delegado ordenou:

– Voltem! É perigoso!

– Avisa isso aí pra todo mundo! – e Viktor indicou com o polegar os convidados e profissionais do salão, que vinham logo atrás.

O trio estancou ao ver que a explosão acontecera em um banco. Não tinham notado a agência antes. A rua era de mão única.

– Eles estão fugindo! – avisou Agnes.

E Maurício, então, viu dois carros dobrando a esquina.

Dois carros.

Como naquele dia. O método não mudara.

O delegado voltou para o próprio carro, estacionado próximo ao salão de festas. Adentrou ligeiro, mas, quando olhou para a frente, esmurrou a direção. O para-brisa estava pichado. Em letras grandes, alaranjadas, estava escrito: DELELERDO!

Maurício saiu do veículo. Impossível perseguir a quadrilha sem enxergar nada.

– Caramba! – exclamou Viktor, aproximando-se do banco ao lado de Agnes.

As portas de vidro estavam destruídas.

– O que esses animais fizeram?! – indagou a garota. – Eles explodiram o banco de propósito?

– Provavelmente arrombaram antes os caixas eletrônicos – sugeriu o namorado.

– Foram eles? – perguntou Eliana, segurando-se para não chorar.

– Tudo indica que sim, mãe.

– Esses ladrões parecem fantasmas atormentando nossas vidas – sentenciou Eliana, muito séria.

– Eles vão ser presos. E o líder vai pagar por cada trauma que causou na vida de vocês – asseverou o delegado Maurício, com as veias do pescoço saltadas de raiva.

Minutos depois, no salão quase vazio, André viu uma cena inusitada. Leonardo, professor de Geografia, agachado próximo a uma mesa. Alguém se ocultava debaixo dela.

– Grazi, não precisa ficar com medo. Eu estou aqui. Vem com seu noivo, vem!

– Não, não! É ele! O Falcão voltou! E quer me levar!

Leonardo se ergueu visivelmente frustrado e suspirou.

Eliana se aproximou preocupada:

– O que Graziela tem?

Leonardo desabafou em voz alta, sem se importar que os outros ouvissem:

– Minha noiva foi assaltada duas vezes pelos Falcões-Peregrinos. Duas vezes! Agora, está enfrentando um estresse pós-traumático grave. Ela já está em acompanhamento, mas o tratamento pode demorar. E a cada notícia de ataque dos Falcões-Peregrinos ela sofre como se tivesse vivendo tudo de novo – e, se abaixando novamente, pediu: – Vem, meu amor, não há mais perigo algum.

– O que foi? – perguntou Agnes, se aproximando do irmão, acompanhada de Viktor.

– Mais feridas das garras dos Falcões-Peregrinos.

– Como assim? – Agnes não compreendeu.

– Lembra-se de Grazi, que trabalhou com mamãe naquela loja de roupas no *shopping*?

– Lembro, sim...

– Também uma vítima dos Falcões-Peregrinos.

E os três viram Eliana entregar um copo de água para a jovem que, com o rosto borrado como uma pintura disforme, sentava-se com dificuldade numa cadeira.

E a festa acabou mais cedo.

A confirmação de que a famosa quadrilha tinha atacado um banco próximo à casa de festas esfriou os ânimos. Logo os primeiros convidados foram indo embora.

Agora, em frente ao salão de festas, Agnes, muito séria, observava a distância o trabalho da polícia, que havia isolado o trecho da rua onde ficava o banco atacado. Viktor ficou ao lado dela. Ainda encarando a cena, a garota disse, com raiva:

– Eles acabam com tudo. Minha festa, o banco... Você viu? Não sobrou um vidro inteiro! – fez uma pausa. – Acabaram também com a nossa infância. Sua mãe, meu pai... E ainda seguem machucando outras pessoas. Eles precisam ser presos, Vik. – e se voltou para o namorado. – Nós vamos detê-los.

28

O desafio

A manhã de domingo se esgueirou preguiçosa. Viktor não dormiu direito. Acordava, comia, deitava-se de novo, nem cochilava, mexia no celular, levantava-se, comia de novo, jogava uma partida de FIFA, virava no sofá e tinha sonhos atribulados outra vez.

Sentada na cama, Agnes alisava o pingente de águia preso à correntinha do pescoço. A garota só pensava em toda a confusão gerada pela explosão do banco na noite anterior. Um novo ataque com a assinatura dos Falcões-Peregrinos.

No quarto ao lado, André comparava as folhas onde listara as hipóteses sobre os suspeitos dos furtos de celular na sala de aula. Nando, assim como os outros da turma, era suspeito, mas entre aqueles que, *a priori*, considerou improvável. Afinal, era o melhor amigo de Neto. No entanto, depois da conversa que ouvira, não havia como negar. Faltavam agora as provas.

Manuela, em casa, não chorava mais. Talvez fosse melhor assim. Nando e Carol juntos. Os dois alunos mais bonitos do colégio. Quanto à bailarina da turma, ela só poderia aceitar sua solidão. O fato de ainda não ter beijado, diferentemente de todas as amigas, de todo o mundo, como ela acreditava, fazia-a se sentir a menina mais desinteressante do universo.

Maurício, por sua vez, continuava furioso. Não pregou os olhos a noite toda. Fez questão de logo lavar o próprio carro ainda de madrugada, assim que chegou em casa. Como morava sozinho, no domingo de manhã, decidiu arrumar a zona que era seu apartamento. Logo cedo sintonizou a rádio Veneza. *Workaholic*, nem no domingo de folga ele parava de trabalhar. Ouvir rádio, naquelas circunstâncias, não deixava de ser trabalho. Mas também, uma forma de tentar se distrair, procurando não encarar aquele ataque como uma afronta. Por que eles usaram tanto explosivo naquela agência pequena?

– Não, não tinha como eles saberem que eu estaria naquela festa...

À tarde, na casa de Agnes e André, o rádio da sala transmitia *A vespa rainha*, o programa especial do Gordão aos domingos.

Eliana arrumava um prato de doces e outro com um pedação de bolo para Manuela levar para casa.

– Não precisa disso tudo – exasperou-se a menina. – Não posso engordar. Faço balé.

– Sobrou muita coisa – disse a mãe da amiga. – E você está muito magrinha. Pode comer à vontade.

– A gente vai pro quarto, mãe – avisou Agnes, arrastando Manuela.

– Tá. Vou deixar a vasilha separada.

– Muito obrigada, tia – agradeceu a bailarina.

Assim que fechou a porta do quarto, Agnes disse à amiga:

– Manu, sua cara tá esquisita. Foi o susto de ontem?

– Não, não... Quer dizer... também. Mas teve outra coisa.

– O quê?

– Vi Nando e Carol se beijando. Acho que eles tão ficando.

Agnes arregalou os olhos. Compreendeu o que se passava na cabeça da bailarina.

– Filha, onde foi que você guardou o papel-alumínio? Vem cá me ajudar um segundinho que tô com a mão toda suja de açúcar.

– Já vou! – gritou Agnes. – Me espera um segundo – E saiu do quarto.

André apareceu à porta.

– Você tá legal?

Manuela assentiu com um movimento de cabeça.

– Não fica assim. Ele não te merece.

Agora foi a vez de Manu arregalar os olhos. Como André sabia o motivo da sua tristeza? Antes que pudesse perguntar algo, ele sumira. Agnes reapareceu logo em seguida.

– Agnes...

– Oi...

– Posso fazer uma pergunta?

– Sim...

– Você acha que André tá a fim de mim?

Ela revirou os olhos enquanto coçava o cabelo e disse:

– É sério que você nunca percebeu?

– Agnes! André! – Eliana gritou, chamando os filhos. – Corram aqui! – O pedido era urgente.

Correram assustados.

Ao entrarem na sala, os três perceberam que Eliana aumentava o som do rádio. A transmissão da Veneza havia sido interrompida.

– Bem, como ia dizendo... Nossa intenção não era causar tal dano ao banco. Mas fazer o que se o vidro daquelas portas era ruim?

O volume do rádio subia sem parar.

Viktor se remexeu no sofá. Será que aquele barulho era do apartamento vizinho? Não... Parecia que vinha da sua própria sala. Virou-se. Foi quando viu o pai ao lado do som. Petrificado, ampliando o som do aparelho.

Ainda atordoado, Viktor percebeu que a voz estava abafada para não ser reconhecida. E ela dizia:

– *Decidimos voar pra outras cidades. Mas vamos dar uma última chance para o delelerdo nos pegar.*

– Delelerdo?

Aquilo era...

Vicente explicou embora soubesse que era desnecessário:

– Invadiram a frequência da Veneza para desafiar o delegado.

– *Será que ele adivinha qual o próximo banco da cidade onde vamos atacar?*

A transmissão foi encerrada.

E Maurício soltou, junto com o rodo de limpeza, um sonoro palavrão.

29

A caçada

No Colégio Manuel Bandeira, os alunos do 1º ano B trocavam olhares desconfiados e mal prestavam atenção na aula de Ana Luísa. A professora de Física resolvia no quadro cálculos sobre velocidade média, que voavam para o vácuo ou para qualquer lugar distante do cérebro dos adolescentes. Só uma aluna estava realmente atenta. Era Manuela, que queria ocupar a cabeça.

Agnes só pensava no desafio feito ao delegado Maurício. E que, provavelmente, naquele momento, a rádio Veneza devia estar recebendo uma visita especial. Contudo, seus pensamentos foram interrompidos pela voz da melhor amiga:

– Professora, uma dúvida. Esse cálculo de deslocamento...

– Sim?

– Não sei se compreendi direito... Dois pontos podem se deslocar com velocidades diferentes, percorrer a mesma distância e se encontrar num mesmo ponto?

– Exato – confirmou Ana Luísa. – Deixa dar mais um exemplo. Imagine dois carros vindo por ruas perpendiculares e percorrendo a mesma distância com velocidades diferentes. O carro com maior velocidade gastará um tempo menor. E o de menor velocidade necessitará de um tempo maior. Mas o que pode acontecer se o carro de menor velocidade tiver saído antes?

– Dependendo dos números, eles podem se chocar? – questionou Manuela.

– É isso aí! Você entendeu perfeitamente.

– Professora? – Agnes chamou.

– Sim?

– Pensei em outro exemplo aqui...

– Pode falar.

– Então, usando essa lógica, se duas aves disputassem uma mesma presa, a menos veloz teria alguma chance, confere? – a garota segurava o pingente de águia que ganhou do namorado.

– Confere. Só reforçando que, se a distância for a mesma, a menos veloz, como você diz, precisará de mais tempo.

– Ou seja, se ela não pode vencer em velocidade, terá que buscar outros meios.

– Sim...

– Nesse caso, se soubesse com antecedência o local onde a presa está, poderia se antecipar e chegar antes.

– É... Ficou claro?

– Como um dia ensolarado – respondeu Agnes.

A professora Ana Luísa sorriu e se voltou ao quadro para anotar os dados de mais um cálculo.

Agnes, ao se virar para a sala, encontrou os olhos de Viktor. E, com um sinal de cabeça, os dois concordaram. Era possível alcançar os Falcões-Peregrinos desde que pudessem chegar antes ao próximo banco-alvo e armar uma cilada.

Agiriam como águias!

A segunda-feira não amanheceria menos agitada na delegacia.

Uma multidão de jornalistas se aglomerava no intuito de obter alguma entrevista ou apenas uma declaração do delegado. Entretanto, ele não se pronunciou. E, pouco depois, se retirou sem dar qualquer satisfação.

Maurício acabara de receber o mandado que autorizava a entrada na rádio Veneza. Mas não estava satisfeito. Somente após uma afronta pública, o juiz liberou o seu pedido.

A emoção se alastrava por todo o corpo do delegado. O jogo estava virando. E a caçada aos Falcões-Peregrinos logo, logo acabaria.

– Eles serão extintos – sussurrou ao volante, contemplando o para-brisa limpíssimo sem qualquer vestígio de tinta.

Assim que Maurício saiu da delegacia, Júlio, que estava do lado de fora, fez uma ligação:

– Amor, ele já foi para a rádio. Já, já estará aí.

– OK, amorzinho. Vou cuidar de tudo para recebermos o delelerdo.

Após desligar o telefone, Camila disse para o pai:

– Ele está vindo.

– E estamos prontos.

– Sim, estamos – ela concordou.

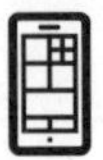

Aproveitando o intervalo comercial, o padre Homero confabulava com Giovanna e Bruno no estúdio.

– Meus filhos, a transmissão ocorrer justamente na frequência da rádio Veneza foi a pior coisa que poderia acontecer.

– Você acha que isso comprometerá nossos nomes? Quero dizer, a imagem da rádio? – indagou Bruno.

– Espero que não.

– Só se a polícia encontrar alguma prova de envolvimento da rádio com isso. E sabemos que não achará nada – asseverou Giovanna. – Caso fôssemos criminosos, não seríamos tolos de invadir nossa própria frequência.

– Vou vazar – anunciou Bruno.

– Como assim? – inquiriu Giovanna.

– Você mesma disse que não temos o que temer. Então, vou resolver uma questão pessoal.

– Agora? – quis confirmar padre Homero. – Não vá, meu filho.

– Por quê?

– Desmarque – insistiu o religioso. – É melhor. Se você sair, vai chamar atenção. Lembre-se de que Maurício não vai deixar nenhum detalhe escapar hoje. E provavelmente ele vai querer conversar com todos.

– Eu vou embora – bradou Bruno, batendo a porta do estúdio de transmissão.

No intervalo, André aproveitou o momento em que Nando estava só no pátio para falar com ele. A ideia era convencer o colega de sala a se entregar por conta própria. *A priori*, para ele, aquela seria a solução ideal para amenizar todos os problemas.

– Nando!

– Oi, André.

– Eu já sei.

– Hum? O quê?

– Acho melhor você contar tudo.

– Contar o quê?

– Escutei sua conversa com Carol na festa.

– Você tava bisbilhotando a gente? – O garoto se irritou.

– Não, não...

– Então, o que você tava fazendo lá? Tá a fim de Carol? É isso? Virou *stalker* agora?

– É claro que não! Tá louco?

– Do que você tá falando então?

– Eu sei que foi você quem roubou os celulares da turma.

– Você pirou? Tá me chamando de ladrão?!

– Nando, eu escutei a conversa de vocês dois. Não adianta negar.

– Você quer me ferrar com meus pais, seu *nerd*? Se abrir a boca, eu acabo com você, ouviu?

– Fala baixo! Não quero dedurar ninguém – pediu André, tentando acalmar o colega. – Mas você precisa assumir seu erro!

– Cala a boca, seu donzelo!

E Nando deu um soco no rosto de André.

30

De castigo

André perdeu a cabeça e revidou o golpe.

O garoto viera ajudar o colega de sala, e Nando o agredira física e emocionalmente. Arrependeu-se na mesma hora da reação impulsiva, mas já era tarde. Para azar dos dois, Ana Luísa presenciou tudo e os levou à secretaria.

Lá, como ninguém abriu a boca sobre o motivo da briga, a dupla foi punida. Os dois estavam obrigados a participar do reforço na biblioteca na parte da tarde durante dois dias, além, é claro, do comunicado aos responsáveis e reunião com eles o mais breve possível.

Para André, o castigo até que não foi tão ruim. Ele teria uma nova oportunidade para convencer Nando a confessar o roubo dos celulares.

Assim que atravessou a recepção, o delegado Maurício encontrou seu Adalberto.

– Bom dia – cumprimentou o dono da rádio Veneza com toda a formalidade.

– Bom dia – respondeu o delegado no mesmo tom.

Na verdade, as duas palavras trocadas foram da boca pra fora. O inverso talvez fosse o que eles gostariam realmente de dizer nessa ocasião.

– Espero que o senhor colabore conosco – disse Maurício.

– Não pretendo fazer diferente – confirmou seu Adalberto.

Nando deu um empurrão em André ao entrar na sala depois do intervalo.

– Ainda bem que ficou calado.

– Ei! Ei! Ei! – Viktor interveio. – O que tá acontecendo?

A turma toda se amontoou ao redor dos dois.

– O que houve, André? – perguntou Agnes.

– Nada, nada – respondeu o irmão, detestando o palco que o colega de turma montava.

– O detetivezinho me chamou de ladrão!

– Por quê? – quis saber Carol, alternando o olhar de um para o outro.

– O *nerdzinho* aí inventou de bancar o Sherlock Holmes. Quer descobrir quem roubou os três celulares da sala.

André sentiu o rosto afogueado. Sob ele, todos os olhares.

– Por favor, Nando! – pediu.

Em vão.

– Meu celular é o melhor! – Nando disse, balançando o aparelho tirado do bolso. – Não preciso roubar o de ninguém!

– Nando nunca faria isso – defendeu Carol, se pondo ao lado do namorado.

– Você tem provas, hein? Hein? – questionou Nando, espumando de raiva.

– Nã-não... – gaguejou André, evitando expor a cena que vira no jardim da casa de festas. – Só queria ajudar!

– Quem está precisando de ajuda é você! – rebateu Nando. – Tá lendo tanto quadrinho que já tá imaginando coisas!

– Isso não tem nada a ver – redarguiu Agnes, defendendo o irmão.

André viu que Manuela o observava. Ele respirou fundo e disse:

– Se quem roubou os celulares não confessar, vai estar em sérios apuros quando o diretor descobrir. Mas, se contar, pode ter uma chance. Aliás, quem fez isso precisa sim de uma segunda chance, porque só pode estar precisando de ajuda.

– André tem razão – concordou Viktor, procurando acalmar os ânimos da turma.

– Que mané ajuda! – rechaçou Nando. – Quem roubou merece ser expulso!

– Bom dia! – Leonardo apareceu na sala e, notando o clima tenso, perguntou: – Aconteceu alguma coisa?

Sem dizer nada, os alunos se dirigiram às suas respectivas cadeiras.

O delegado concluía a investigação no quarto andar. A vistoria não achara nada suspeito.

– Já podemos voltar? – indagou seu Adalberto, apontando o elevador. – Este é o último andar. Não há nada mais para o senhor ver aqui.

Maurício se resignou e adentrou no elevador. A cabeça latejava.

Se havia relação da rádio Veneza com os Falcões-Peregrinos, ele encontraria alguma pena no ninho, ou melhor, uma pista na emissora. Não poderia voltar à delegacia de mãos vazias. Dentro da gaiola de metal, sentiu a necessidade de conseguir qualquer coisa, senão sua fama de louco aumentaria.

Com um movimento inesperado, puxou um adesivo da rádio que estava sobre o painel. A ação rasgou o logotipo, revelando parcialmente a existência de mais um botão.

– Há um quinto andar? – inquiriu o delegado, examinando o painel.

– Foi desativado há quase dez anos. Não há nada a não ser poeira e entulhos.

– E o *banner* gigante da fachada do prédio oculta a quantidade exata de andares – raciocinou Maurício. – A gente vai subir.

– É perda de tempo.

– A gente vai subir!

A cara de seu Adalberto era de insatisfação.

– A gente precisa descer antes. Tenho que pegar as chaves. Não estou com elas.

– Você desce pra buscar. Subo e espero você lá.

– O senhor acha que estou escondendo algo?

O delegado Maurício não respondeu.

– O senhor está perdendo o seu tempo e o meu.

André almoçava sozinho numa das mesas da cantina do colégio. O castigo iniciaria naquela mesma segunda à tarde, na biblioteca. Duas horas respondendo a uma ficha de exercícios de Física preparada especialmente pela professora Ana Luísa. Antes fosse Caio ou Leonardo que tivessem flagrado a briga. O dever seria mais fácil.

De repente, alguém se sentou diante do garoto. Ele não acreditou quando viu. Era Manuela.

– Posso almoçar com você? – ela perguntou.

– Po-pode... – ele gaguejou.

O garoto olhou para o prato dela. Macarrão com almôndegas. Ela leu o pensamento dele.

– Que se dane a dieta! Vou ser feliz!

Ele riu.

Ela indagou:

– Mudando de assunto, você acha mesmo que Nando roubou os celulares da turma?

André não soube muito bem o que responder. Apenas disse:

– Não queria que as coisas tomassem esse rumo... Era pra ser só uma conversa. Que raiva daquela cena toda que ele fez na sala!

– Hum... – fez Manuela, percebendo que o irmão da sua melhor amiga não estava muito a fim de dar detalhes sobre a história.

– Eh... Por que você tá almoçando no colégio? – inquiriu André, alterando a rota do diálogo.

– Tenho ensaio do balé mais cedo hoje. No final do semestre, vamos apresentar um espetáculo. Aí, nas segundas, as aulas vão começar mais cedo. Mal vai dar tempo de passar em casa antes. O jeito vai ser almoçar por aqui mesmo.

E a garota colocou uma boa garfada do prato na boca.

André voltou a comer. Queria convidar Manuela para sair, mas não tinha coragem. A conversa não foi muito adiante. E, em silêncio, terminaram o almoço.

Manuela foi a primeira a se levantar. E, para surpresa do *nerd*, que verificava as mensagens no celular, a bailarina deu um beijo em sua bochecha:

– Se cuida, detetive!

31

No 5º andar

– O senhor não disse que fazia muito tempo que ninguém subia aqui? – perguntou Maurício, mostrando as pegadas na poeira do corredor que iam e vinham de todas as salas, como se alguém tivesse brincado propositalmente de deixar pistas.

Atônito, seu Adalberto emudeceu.

Abriram uma a uma todas as portas. Encontraram salas vazias ou entulhos cobertos por panos empoeirados. Tudo parecia confirmar o que o dono da rádio Veneza havia dito. No entanto, ao adentrarem na última porta à esquerda, viram algo que lhes despertou a atenção.

Um aparelho limpo destoava da imensidão cheia de poeira ao redor. Era um transmissor.

– E então? – inquiriu Maurício.

Seu Adalberto deu de ombros. E, mais uma vez, não disse nada. Talvez soubesse do clássico ensinamento de que tudo o que fosse dito seria usado contra ele.

O delegado coçou a barba.

Aquele equipamento não precisava estar dentro da rádio ou perto dela para lhe roubar o sinal, embora esses dois fatores ajudassem na operação. Mas por que abandoná-lo ali depois? Estava fácil demais. Havia algo errado.

Viktor e Agnes nem almoçaram, discutindo o caso dos Falcões-Peregrinos. Nesse momento, a garota esperava a impressão da imagem solicitada. O mapa da cidade diretamente do *Google Maps*.

– Foram cinco bancos atacados até agora – recordou Viktor a partir da lista que escrevera no bloco de notas do celular.

– Isso – concordou Agnes. – Três na mesma noite, do domingo para a segunda, mas em bairros diferentes, como se a quadrilha tivesse se dividido para essa ação. Outro na segunda à tarde, no centro. E mais um no sábado, próximo à casa de festas.

Viktor circulou cada um deles no mapa com uma hidrográfica vermelha. Em seguida, contornou os demais bancos da cidade de azul.

– Estes ainda não foram assaltados, ou seja, um deles será o próximo.

– A polícia já deve ter feito esse mesmo mapeamento e todos os bancos reforçaram a segurança, ainda mais nos próximos dias – ponderou Agnes.

– Exato – consentiu Viktor. – E se a gente descobrir o próximo banco...

– Podemos chegar antes e armar uma arapuca – disse Agnes, segurando o pingente. – Estamos agindo como águias, observando o caso do alto, Vik.

– E os Falcões-Peregrinos serão presos como passarinhos numa gaiola – completou o rapaz. – Mas uma coisa ainda me incomoda. Será mesmo que Raphael não é o líder da quadrilha?

– Aquela voz na transmissão era dele?

– Não faço ideia... Só sei que além de atacar mais um banco, os Falcões querem destruir de vez a reputação do delegado.

– Raphael desafiou Maurício – recapitulou Agnes. – Ou não? Não sei por que, mas acho que o delegado tá certo. Há mais outra pessoa metida nisso. Se não for exatamente um líder, é alguém em quem Raphael pode confiar.

O celular de Viktor tocou, atrapalhando as reflexões do casal de namorados.

– É Camila... – disse o rapaz ao conferir o visor. – Oi, Camila!

– Viktor, você tem que vir aqui agora. Papai foi levado pra delegacia e o Gordão não veio trabalhar. Não consigo falar nem com Bruno nem com seu pai. A rádio está um caos! Giovanna não pode segurar sozinha a programação a tarde toda e não faz sentido o padre Homero apresentar *A vespa*. Venha pra cá imediatamente! Preciso da sua ajuda, por favor!

– OK! Tô indo! Pode contar comigo!

Em frente à sala do diretor, André e Nando se encontraram. Cada um pegou sua ficha de exercícios e seguiu para a biblioteca. Antes de entrarem, André quebrou o silêncio:

– Você precisa falar a verdade.

Nando se voltou, furioso:

– Vai continuar me acusando, Sherlock Holmes?

– Não adianta mentir pra mim, Nando. Vi Carol conversando com você no sábado. Você precisa de ajuda. E eu só quero ajudar.

– Vai cuidar da sua vida!

André respirou fundo.

– Vai por mim. Volta pra diretoria e conversa com Meireles.

– Eu não preciso conversar com ninguém! – gritou Nando e, em seguida, empurrou de novo o colega de sala.

– Ei, ei, ei! – Neto apareceu, se pondo entre os dois. – Vocês vão brigar de novo?

André sabia que era melhor não ceder à provocação. As coisas piorariam ainda mais.

– O que você tá fazendo aqui? – perguntou André.

– Calma! Vim só estudar – respondeu Neto, erguendo as mãos na defensiva.

– Esse verme acha que todo mundo é ladrão – sentenciou Nando, virando as costas. Ao entrar na biblioteca, ele bateu a porta de vidro.

Viktor chegou esbaforido à rádio. Trocou um rápido cumprimento com Giovanna, que já o aguardava em frente ao estúdio de transmissão. Ele entrou.

– Em dois minutos você tá no ar – disse Luan, tirando os fones de ouvido. – Pensei que fosse sumir também.

– Por que não viria? A rádio tá precisando.

– Patrão não tá nem aí pra empregado. A gente dá o nosso suor, mas, no final, só somos úteis enquanto tivermos alguma serventia.

– Por que você tá falando desse jeito?

– A rádio vai afundar.

– Essa história toda não deve passar de uma armação. Seu Adalberto não tá metido nisso. Fica tranquilo.

– Nós somos os mais novos. Seremos os primeiros a voar daqui. Se cuida, Vik!

O jovem locutor não entendeu aonde o operador de som queria chegar com aquela história.

No balcão, ao lado da pia, estava o mapa. Enquanto lavava os pratos, Agnes o examinava. Havia um banco atrás da delegacia e outro relativamente próximo à rádio. O primeiro parecia muito óbvio. Mas seria justamente essa a ideia? O próximo ataque ocorrer debaixo do nariz do delegado? Só que essa agência deveria estar com a segurança muito bem reforçada e, de quebra, com a polícia de olho. Porém, se não esse banco, qual?

O celular tocou. A garota atendeu. Era a mãe.

– Filha, você está em casa?

– Sim...

– Olha, me esqueci de trazer o seu vestido pra devolver. Se a gente não entregar hoje, vai pagar multa. A delegacia tá uma loucura e não posso sair. O vestido está no meu quarto. Leva na loja, por favor.

– Vou agora – disse Agnes, retirando as luvas, o avental e colocando o mapa no bolso.

Raphael se divertia lendo pela enésima vez o livro de fábulas. O celular tocou.

– Oi...

– Delelerdo ocupado.

– Beleza! Mas não foi muito arriscado?

– Dessa vez tinha que ser assim. A única pessoa que insiste com essa história de que você não é o líder é ele. Acabando com o moral do delegado, outro assume o posto. E a gente segue pro interior.

– Estou confiante no plano. Aliás, já tá tudo pronto. Mas detesto ficar esperando.

– Você já passou dez anos preso. Sabe muito bem como ocupar a cabeça.

– Ha... ha... ha... – ironizou Raphael. – Muito engraçado. Me liga só na hora, tá? Tô ocupado lendo – e desligou.

Reabriu o livro.

Apesar de terem recebido a mesma ficha de exercícios e poderem responder juntos, André e Nando se sentaram em mesas diferentes.

Faltava apenas uma questão para André terminar. Queria acabar logo para passar na casa de Carol quando saísse. Talvez ela pudesse ajudar.

O garoto viu quando Nando se levantou, deixando a mochila jogada e todo material espalhado em cima da mesa. Deveria estar indo ao banheiro e, pelo visto, não ia conseguir resolver todas as questões tão cedo.

O *nerd* se concentrou na leitura do último quesito. No entanto, não entendeu nada. Como Física era complicado!

Ao levantar a cabeça, André viu Neto pegando o celular de Nando.

A rua comercial estava calma e tranquila, como em toda segunda à tarde. Porém, assim que entrou na loja de roupas de festa, Agnes levou um susto.

32

Segredos

– Se o senhor quiser confessar, a hora é agora – disse o delegado, analisando o olhar tranquilo do dono da Veneza FM.

– Já faço isso uma vez por mês com padre Homero – respondeu seu Adalberto com um discreto sorriso no canto direito da boca.

– Muitos pecados, não?

– Quem não tem?

– Todos tem. Uns mais que outros.

– Talvez você tenha razão – admitiu o medalhão.

Maurício se endireitou na poltrona, procurando conter a impaciência.

– Acho que é melhor o senhor colaborar. Não gosto de perder tempo.

– Me acusar ou alguém da minha rádio de ser líder, integrante, seja lá o que for, dos Falcões-Peregrinos é um absurdo! Não temos... nada a esconder!

A hesitação breve foi percebida pelo delegado.

– Qual é o seu segredo, seu Adalberto?

Ele não respondeu.

– Se não contar, serei obrigado a pedir um mandado para revirar sua casa de cima a baixo e verificar o histórico das suas contas e transações bancárias.

Ele deu de ombros.

O delegado sabia que o dono da rádio escondia algo. Algo muito sério. Porém, que segredo seria esse? Comprometeria alguém que ele tanto buscava proteger?

Seus pensamentos foram interrompidos pela voz grave e emocionada do conhecido "homem das notícias".

– Tenho, sim, delegado, algo pra confessar... Mas o senhor não sabe como isso vai doer...

Não havia qualquer desculpa que pudesse disfarçar ou desfazer a palidez de Neto.

– É você! – sussurrou André.

O colega balançou a cabeça em negativa.

– Só-só queria olhar a hora – foi a vez do outro gaguejar. – Você sabe que roubaram meu celular.

– Você não iria fazer só isso – André se levantou.

– Por que você tá com meu celular?

Era voz de Nando, que acabava de voltar.

– Na-da não. Só fui ver...

– Para de mentir! – cortou Nando, duramente. – Também vi o que você pretendia. Deixei meu celular aí de propósito.

– Por quê? – estranhou André.

– Pensava que você era o ladrão, *nerdzinho* – explicou Nando. – Mas pelo visto me enganei. E duas vezes. Eu achava que você fosse meu amigo, Neto.

Ele não respondeu.

– Vamos pra diretoria – avisou André.

– Tá acontecendo alguma coisa?

Os três garotos se voltaram. Era Caio, o professor de Literatura. Na mão, alguns livros para devolver.

– O que foi? Não vão me contar? Se preferirem, aceitamos a sugestão de André e vamos à diretoria.

– Gordão?

Agnes não tinha dúvidas. Era o apresentador do programa *A vespa*. Agora, o que ele estava fazendo ali? Numa loja de vestidos? Só depois de alguns segundos a garota percebeu que o foco ali era uma mulher sentada junto ao balcão.

– Meu amor, foi um mal-estar bobo por causa dos enjoos, mas já estou bem – ela disse. – Não posso deixar a loja fechada. Há clientes para entregar ou pegar os vestidos.

– Que susto! Que susto! – repetia Gordão, passando a mão na testa para inutilmente enxugar o suor. – Por mim, você deixaria a loja fechada o resto do dia. As clientes que se virem.

Agnes se aproximou.

– Boa tarde! Tá tudo bem?

– Ô, me desculpe – a mulher disse, se levantando. – Veio entregar?

– Agnes? – fez o radialista surpreso.

– Oi, Gordão... – a garota respondeu meio sem jeito. – Você não deveria estar na rádio?

– Deveria, mas hoje a prioridade é outra – disse Gordão. – Teresa é minha esposa e passou mal depois do almoço. Tive de socorrê-la. Mas parece que ela não se preocupa com nada!

– Se você perder o emprego, aí sim é que eu vou ficar preocupada – reclamou a mulher, pegando o vestido embrulhado que Agnes trouxera.

– Vik já foi assumir o programa – explicou a garota. – Não se preocupem.

Somente quando Teresa deixou o vestido na arara de roupas destinada às devoluções, foi que Agnes reparou na barriga um pouco proeminente da dona da loja.

– Estou grávida – ela sorriu. E se voltando para Gordão: – Mas não estou doente, viu, meu amor? Foi só um susto mesmo. Já consigo trabalhar e não posso deixar a loja fechada. Aliás, agora você já pode contar no trabalho que vai ser papai.

– Parabéns – disse Agnes.

– E de gêmeos!

– Então, parabéns duas vezes! – brincou a garota.

– Não tenho maturidade pra cuidar de um quanto mais de dois. – E Gordão se abaixou para dar dois beijos na barriga da mulher. – A gente não iria esperar os três meses, Teresa?

– Hoje faz três meses – ela disse, dando um peteleco no meio da testa do marido.

Agnes riu.

"Não é o seu Adalberto..."

Viktor confabulava sozinho enquanto esperava o último bloco comercial acabar.

"Alguém plantou aquilo no 5º andar. Tem que ser alguém da rádio para conhecer a rotina. Mas será que há mesmo um Falcão-Peregrino por aqui? Se for, tem que ser alguém que trabalha há mais de dez anos."

No entanto, outra ideia atravessou a cabeça do jovem locutor, como o voo de um pássaro.

"Ou não. Trabalho há menos de cinco meses e já conheço bastante."

Viktor lançou um olhar para Luan. O operador de som fez o sinal de positivo.

33

Meio locutor, meio detetive

Os três garotos estavam sentados na diretoria, aguardando a chegada de Meireles.

À direita, André. No centro, Neto, com a cabeça encolhida entre os ombros. À esquerda, Nando, que repetia pela enésima vez:

– Eu quero o celular de Carol, ouviu? Você vai devolver! Ou vai comprar um novo se já gastou o dinheiro!

– Por favor – pediu o professor Caio. – Vamos aguardar o diretor. Vocês vão contar o que aconteceu e ele vai ouvir um por um.

Nesse instante, a porta da sala se abriu e entrou Meireles.

– O que você fez, meu neto? – ele perguntou, furioso.

– Me desculpa, vô... – pediu o garoto, chorando.

Boquiaberto, André olhou para Nando, que explicou:

– Neto é *neto* do diretor.

Vicente entrou no aquário de transmissão. Iria substituir seu Adalberto no *A Hora da Notícia*. Com a ida do medalhão da rádio Veneza para a delegacia, e toda a confusão da tarde, as férias do pai de Viktor foram interrompidas.

O rapaz, ao ver a chave da moto na mão do pai, teve uma ideia.

– O senhor me empresta a chave?

– Pra quê, Vik?

– Vou deixar uns livros pro senhor levar na moto. Tá muito pesada a mochila.

– Toma – e ele jogou a chave para o filho. – Depois, pode deixar na recepção. Pego lá na saída.

– Valeu, pai.

Viktor deu a volta no prédio, rumo ao estacionamento, que ficava na parte de trás. Em seguida, pôs o capacete, ligou a moto e saiu.

Parou na esquina de onde poderia ver quando Luan fosse embora.

No ônibus, voltando para casa, Agnes retirou o mapa impresso e conferiu no verso a lista de suspeitos. Riscou Gordão.

Logo depois, examinou o mapa da cidade. Nas próximas horas, mais um banco seria alvo da quadrilha.

Mas qual?

Agnes tinha que pensar.

Até que poderia ser óbvio, mas, talvez, nem tão óbvio assim. Se a polícia voltasse suas atenções para o banco errado, eles poderiam atacar outro. Era o mais lógico. Ou será que eles queriam desmoronar o moral do delegado de vez e evidenciar mesmo qual banco roubariam?

Agnes quebrava a cabeça para entender. Sabia que se a primeira hipótese estivesse certa, eles já saberiam qual seria o banco, aquele próximo à delegacia. No entanto, se fosse a segunda, uma agência que estivesse na cara, mas não tanto, como descobrir?

O que poderia ser uma afronta? E, ao mesmo tempo, algo que o delegado não suspeitasse? Era como se a quadrilha soubesse de todos os seus passos...

Já havia anoitecido quando André e Nando saíram do colégio.

– Foi mal – disse o primeiro. – Entendi tudo errado.

– Tranquilo – falou o outro. – Também achei que fosse você o ladrão de celulares. Mas nos enganamos feio.

– Melhor a gente não contar pra ninguém – sugeriu André. – Se o diretor, ou melhor, o avô de Neto tirá-lo do colégio, só vai complicar o problema, como defendeu Caio. Agora mais que tudo Meireles precisa ficar de olho nele.

– Você e Caio têm razão – concordou Nando, já mais calmo.

– E eu nem imaginava que Neto era *neto* do diretor.

– Você é novato e só vive lendo quadrinhos, por isso não sabia – resumiu Nando. – Neto também não gosta de espalhar isso.

– O diretor ficou muito triste com essa história toda – relembrou André. – Cuidando dos filhos e netos do mundo todo e se esquecendo da família dele.

– Bem que você falou que Neto necessitava de ajuda.

– Roubando celulares para comprar drogas. Muito triste isso.

– Pois é! E eu nunca desconfiei de nada!

– Ele disse que tudo começou quando experimentou numa festa.

– Uma vez basta pra viciar...

– Você já... – quis saber André.

– Apenas cigarros. Desses que a gente compra em supermercado ou padaria – explicou Nando. – Mas sei que também são drogas. Vou parar. Carol tá me ajudando.

– Entendi tudo errado.

– Foi. Mas eu te entendo, detetive.

– Me entende como?

– Foi por causa da bailarina, né? Você fez isso pra que ela tivesse o celular de volta.

André parou. Nando sorriu:

– Não adianta disfarçar. A sala inteira já notou que você tá a fim da ruivinha. Só é segredo na sua cabeça. Mas, se quiser um conselho, vai em frente! Você tem chance.

Nessa hora, um carro passou pelos dois garotos e buzinou. Era Ana Luísa. Os dois estremeceram. Lembraram-se de que não haviam finalizado a ficha de exercícios.

Olharam para trás e viram, então, Caio sair da recepção e, antes de entrar no veículo, trocar um beijo rápido com a professora de Física.

– É sério? – riu Nando.

– Impossível! – exclamou André. – Exatas e Humanas? Os dois são muito diferentes!

– Por isso mesmo que às vezes dá certo – filosofou Nando. – Quem sabe não funciona com um *nerd* e uma bailarina? – E deu um soco amistoso no ombro de André.

Viktor acompanhava a moto de Luan, mantendo uma distância que considerava segurava. O engarrafamento que, como sempre, se formava àquela hora obrigava o jovem locutor a imitar o operador de som que serpenteava entre os carros. A camisa de Viktor ensopava de suor. O coração batendo a mil.

Minutos depois, chegaram a um bairro residencial. Luan parou em frente a um mercadinho. Em cima, alguns cômodos e uma placa de "Aluga-se". O operador de som desceu da moto e ainda de capacete adentrou na porta ao lado do estabelecimento. Provavelmente a entrada para a escada.

O celular de Viktor vibrou no bolso. Atendeu e colocou-o dentro do capacete.

– Agnes?

– Vik! Acho que descobri o próximo alvo!

– Qual é?

Porém o rapaz não ouviu a resposta.

Nesse instante, Luan voltava ao lado de um homem também de capacete.

Dobrada sob o braço esquerdo do desconhecido, uma jaqueta preta. E aquele desenho que aparecia parcialmente só poderia ser de um falcão-peregrino.

34

Uma ideia perigosa

O caixa eletrônico liberou as notas que Maurício pediu.

O delegado estava com muita fome. Não havia comido nada desde a manhã. Quando foi comprar um cachorro-quente na esquina, percebeu que não tinha nenhuma cédula na carteira.

Pegou o dinheiro e guardou-o. Apertou a tela para encerrar a operação.

Maurício queria muito resolver aquele caso de uma vez. Contudo, ninguém parecia interessado em ajudá-lo.

E seu Adalberto? Contara a verdade ou mentira? Para descobrir, teria que ir até o fim!

– Rádio, bancos, Falcões-Peregrinos, dez anos, delelerdo, tudo isso tem que acabar! – disse baixinho para si mesmo.

Viktor seguia mais uma vez Luan, ou melhor, acompanhava o voo da outra moto. O operador de som acelerava, tecendo manobras perigosas e arriscadas entre os carros no trânsito mais livre.

O jovem locutor mantinha uma distância segura e, ao mesmo tempo, se esforçava para não o perder de vista.

Entretanto um semáforo atrapalhou tudo.

O sinal ficou vermelho e Luan ultrapassou-o. Viktor não pôde fazer o mesmo, pois os carros que vinham perpendicularmente já atravessavam a avenida.

– Droga!

Ao olhar para o lado, viu um acesso para a avenida onde se localizava o *shopping* do centro da cidade.

Teve uma ideia. Dessa vez, ainda mais arriscada.

Mal Eliana girou a chave, a porta se abriu. Era Agnes.

– Que susto, filha! Tá tudo bem?

– Me empresta o celular? O meu tá sem créditos.

– Deixa eu colocar pra você logo – disse a mãe, pegando o celular para abrir o aplicativo do banco.

– Depois a senhora faz isso – interrompeu Agnes. – É jogo rápido.

– Tá... – fez Eliana. – Tudo bem – e destravou o aparelho para entregá-lo à filha.

A garota correu para o quarto a fim de que ninguém a ouvisse.

Primeiro, ligou para o namorado.

– Oi, Vik.

– Já falou pro Maurício?

– Vou fazer isso agora.

– Perdi os dois de vista. Mas tive uma ideia.

– O que você vai fazer?

– Não dá pra explicar agora. Mas já tô colocando em prática. Me manda o endereço ou a localização do banco.

– Cuidado, Vik.

– Pode deixar. Te amo, Agnes.

– Também, Vik. Muito!

Ela desligou o aparelho e enviou o endereço.

Em seguida, telefonou para o delegado. Ela suava, e a barriga se contorcia de ansiedade.

– Alô, Eliana? – atendeu Maurício.

– É Agnes.

– Agnes? Aconteceu alguma coisa?

– Vai acontecer se o senhor não chegar logo.

– Não entendi. Chegar aonde?

– Descobri o próximo banco que vai ser atacado.

– Não pedi pra você ficar fora disso?!

– Viktor vai encontrar o senhor lá.

– Vocês tão loucos? O banco que deve ser atacado é aquele próximo à delegacia, que está com a segurança reforçada.

– Não, não! A gente tem que agir como águia, delegado! Ver o que está longe.

– Águia? Como assim?

Era melhor Agnes ser direta e deixar a metáfora para depois.

– É o seu banco!

– O meu banco? Não sou...

– A sua agência, delegado! Eles vão atacar a agência da sua conta bancária!

Raphael, com a ajuda de Luan, armavam os explosivos junto aos caixas eletrônicos.

– Vamos logo, Luan – reclamou Raphael com a voz abafada pela máscara. – Você tá muito devagar para um Falcão-Peregrino.

– Tô caprichando – ele disse, enquanto as mãos trêmulas concluíam o serviço.

– Acabou o joguinho! – A ordem do delegado ecoou dentro da agência. Maurício segurava um revólver em cada mão. – Larguem as armas, soltem os explosivos e se rendam!

Raphael ergueu uma arma.

– Saia da frente, delegado! Você nunca vai pegar a gente!

– Vocês não vão conseguir fugir desta vez. Os reforços estão a caminho. Logo, logo estarão cercados!

– Saia da frente, seu imbecil! – gritou Raphael.

– Ops! – fez Luan zombeteiro. – Acho que o banco vai explodir.

Só deu tempo de os três saírem da agência, saltando a escada de entrada. Atrás deles, a explosão jogou estilhaços de vidros para todos os lados.

– NÃO!!!

Graziela acordou com um grito.

– Tá tudo bem! Tá tudo bem! Tô aqui – disse Leonardo, abraçando a namorada. – Olha, Eliana veio ver você.

Na porta do quarto, lá estava a antiga colega de trabalho.

– Quando meus pesadelos vão terminar? – a vendedora perguntou, angustiada.

– Calma! – disse Eliana, sentando-se ao lado da amiga. – Você já tá fazendo terapia, Leo me contou. Logo ficará boa.

O professor de Geografia assentiu.

– Temo que enquanto os Falcões-Peregrinos não forem presos... – começou a jovem.

– Eles vão ser presos e suas noites de sono vão voltar ao normal – asseverou Eliana. – O delegado Maurício tem uma pista. Em breve, esses pássaros estarão extintos de novo.

– E você vai se esquecer disso tudinho – afirmou Leonardo.

– Eu não sei...

– Grazi, infelizmente, pessoas más amargam a vida da gente. Mas não podemos perder a doçura – e Eliana descobriu o pratinho de plástico que segurava, revelando um pedaço de bolo e alguns docinhos. – Na correria, você se esqueceu. E eu sei que você adora bolo de festa. Principalmente esta cobertura.

– Muito obrigada, Eli – e retirou um pedacinho com a ponta dos dedos. Comeu uma parte e colocou a outra na boca do namorado. – Desse jeito, vou casar gordinha.

– Eu estando do seu lado, não importa se gorda, se magra, se alta ou se baixa – declarou Leonardo. – Quero você feliz!

Eliana sorriu. E, observando a jovem amiga com quem trabalhara até o ano passado numa loja de roupas, se perguntou em silêncio quantos traumas a violência urbana ainda faria...

Ouviram uma caminhonete freando bruscamente.

Raphael se levantou e correu. Mas duas linhas de fogo se acenderam, de um e de outro lado na rua. A fumaça tomou conta da rua, atrapalhando a visão de todos, impedindo a aproximação do reforço policial e também a fuga dos bandidos.

O ladrão de jaqueta pulou sobre o fogo. Antes, porém, o delegado tentou segurá-lo. Para se livrar, Raphael deixou sua marca registrada para trás. Foi Maurício quem escutou um urro terrível em meio às sirenes das viaturas que pedira.

Voltando-se, viu um dos Falcões desabando no chão. Luan tentou se levantar, mas não conseguiu. Havia torcido o tornozelo no salto.

O delegado pulou sobre ele, imobilizou-o e bradou:

– Onde fica o esconderijo?

– Não sei! Ai, ai, ai!

– Vamos! Fala!

– Nunca fui lá. Sou novato.

– E já foi deixado pra trás! Percebeu isso, né?

Luan respondeu, contraindo a cara de dor.

Dois policiais se juntaram ao delegado, que lhes entregou o novo integrante e correu em seguida para perto da linha de fogo.

A caminhonete já ia longe, se afastando com uma sombra na traseira.

"Se eu pudesse acertar ainda aquele pneu..."

Maurício ergueu o revólver quando foi impedido por Agnes.

– Não, delegado!

– O que você tá fazendo aqui? – ele se espantou.

A garota tremia. Uma das mãos segurava um saco vazio.

– Raphael tá ali – e ela indicou mais adiante um vulto se contorcendo sobre a calçada.

O delegado se aproximou e viu vários grampos de ferro espalhados no chão.

– Meu pé!! – urrou desesperadamente Raphael.

– Se ele não está na caminhonete... Então?

Apertando com força o pingente, Agnes confessou entre lágrimas:

– É Vik!

35

Quando a máscara cai

O primeiro grito de Raphael foi sufocado por uma mão que lhe arrancou a máscara do rosto e um chute que o derrubou.

O ladrão caiu e viu alguém de jaqueta preta pular na caçamba da caminhonete, que escapou a toda velocidade.

Atravessando o tênis de Raphael, havia um grampo preso em seu pé. Na rua, um monte de grampos com as pontas voltadas para cima. Ele quase desmaiou dor.

A caminhonete atravessou a cidade com manobras perigosas. No entanto, foi desacelerando aos poucos até acompanhar o fluxo normal dos carros. O veículo estacionou em uma praça mal iluminada.

A porta dianteira se abriu.

– Vem, Rapha! Desce logo!

Viktor paralisou.

"Essa voz..."

Embora o rosto estivesse coberto por uma touca preta, deixando apenas os olhos à mostra, ele já sabia quem era. E não acreditava.

Um carro ali parado foi destravado e o porta-malas aberto:

– Entra aí rápido! – disse o motorista, seguindo para a direção do veículo.

O rapaz respirou fundo e obedeceu.

– Ele mandou outra localização – avisou Agnes ao lado do delegado.

– Vocês são loucos! – criticou Maurício, voltando-se para a garota enquanto conduzia a viatura. – Mas deixa eu ver... Eles estão indo para o lado norte da cidade. Acho que essa área é residencial. Se eu não for exonerado ou até mesmo preso, vamos ter uma conversa séria!

– Só queríamos ajudar, delegado...

– Me diga logo: como vocês descobriram que aquela agência era o próximo alvo? Você disse em pensar como uma águia...

– O falcão-peregrino voa rápido. Mas a águia sobe mais alto, por isso tem uma visão mais ampla. Foi o que a gente tentou fazer. Olhar de cima e tentar encontrar um banco que ao mesmo tempo pudesse ser óbvio, mas nem tanto...

– E de onde saíram os grampos e todo aquele material que vocês usaram?

– Vik comprou algumas coisas no *shopping* e outras num lojão de material de construção que fica ao lado. Mais uma localização! – gritou Agnes, mostrando novamente a tela do celular.

– Não sei se amo ou odeio vocês e essa tecnologia toda! – bradou Maurício, pisando no acelerador.

O carro estacionou, o porta-malas foi destravado e Viktor saiu.

De costas, à sua frente, o verdadeiro líder dos Falcões-Peregrinos chutou um saco de lixo.

Estavam numa garagem aberta de uma casa residencial. Num canto, uma bicicleta velha presa à parede da casa. O rapaz respirou fundo para falar:

– Então, você é o líder.

Os olhos por trás da máscara de touca se arregalaram.

– Vik?

O rapaz retirou a máscara de falcão que roubara de Raphael.

– Sim, sou eu mesmo, Gio.

Giovanna era o líder, ou melhor, a líder dos Falcões-Peregrinos.

– Onde está Raphael? – ela gritou.

– A essa altura, preso. E, em breve, você também.

– O delelerdo jamais vai me pegar!

Foi quando ouviram freadas bruscas.

E Giovanna lentamente se voltou para trás.

Por sobre o muro baixo da casa onde estavam, os dois locutores da rádio Veneza FM viram duas, quatro, cinco viaturas policiais pararem. E de dentro de uma delas sair a figura do delegado Maurício com uma arma em punho:

– Acabou.

36

Presente, passado e futuro

Quarta-feira, meio-dia.

Meio distraído, André atravessava o pátio do colégio mexendo no celular. Alguém parou diante dele. Erguendo o rosto, viu os cabelos ruivos de Manuela emoldurando um lindo sorriso.

– O que foi? – ele perguntou sem jeito.

– Muito bacana o que você fez.

– Hã?

Ela mostrou o celular novinho em folha.

André, então, entendeu que ela já tinha recebido o aparelho que o diretor Meireles tinha se comprometido em comprar.

– Sua mãe comprou outro celular? – perguntou o garoto, fingindo desconhecer a solução daquele caso.

– Você não sabe esconder segredos, detetive. Ou seria um super-herói? Deixa ver: investiga o autor dos crimes, descobre que era Neto e ainda dá uma segunda chance pra ele.

– Manu, fala baixo!

– Calma! Não vou contar pra ninguém. Nando pediu segredo.

– Só podia ser ele o fofoqueiro.

– Ele não é.

– A gente combinou de não contar pra ninguém.

–Não se preocupe. Já disse que não vou falar nada!

– É melhor assim. Desse modo, Neto terá uma segunda chance e em paz. Se a turma sonhar que é ele, sua vida vira um inferno.

– A gente pode fazer da vida um inferno ou um paraíso.

– Hã?

– Depende das escolhas que faz.

Ele ergueu o olhar para cima, balançando levemente a cabeça em sinal de concordância.

– É... Você tem razã...

A palavra foi interrompida por um beijo. Porque as escolhas de que Manuela falava naquele segundo eram outras. E André, a princípio, sem reação, foi aos poucos envolvendo a garota em um abraço carinhoso, retribuindo o contato inesperado. E embora estivessem tão preocupados com o primeiro beijo, com a língua e com os dentes, o *nerd* e a bailarina sentiram o coração um do outro batendo intensamente.

Afastaram-se.

As palavras de André foram roubadas pelo beijo de Manuela. Ele não soube o que dizer. Ela quem falou:

– Cansei de querer agradar aos outros, me preocupando com o que vão achar ou não. Se eu não gostar de mim, quem vai gostar? E só posso querer quem me quer, concorda?

A resposta foi um novo beijo.

O *yakisoba* chegou e foi recebido com uma salva de palmas pelo trio sentado em uma das mesas do restaurante chinês.

O delegado Maurício, após um dia e meio de intenso trabalho, tirou um momento para agradecer a Agnes e a Viktor pela ajuda, contar alguns detalhes da resolução do caso e bronquear pela enésima vez por terem se metido naquela história.

Enquanto colocavam o macarrão fumegante no prato, os três prosseguiram a conversa.

– Ainda não consigo acreditar – confessou Viktor. – Giovanna...

– Como ela conseguiu enganar todo mundo esses anos todos? – indagou Agnes.

– Ela era inteligente demais – respondeu o delegado. – E manipulava todos a seu bel-prazer.

– E Raphael? – quis saber o rapaz. – Qual a relação existente entre eles?

– São irmãos.

– Irmãos?! – sobressaltou-se Agnes.

– Isso! Giovanna é a irmã mais velha do Raphael, embora os dois sejam filhos de mães diferentes.

– Mas como foi que eles se envolveram nessa trama toda? – questionou Viktor.

– O esconderijo era a casa onde Giovanna viveu quando criança. Um bairro bastante humilde. Mas a casa não é pequena. Tem uma garagem e um quintal.

– Percebi, sim, que é grande... Mas o que mais me chamou atenção foi uma bicicleta de modelo antigo presa na parede.

– Pois tudo começou com aquela bicicleta!

– Como assim? – perguntou Agnes, curiosa.

– Ela foi o estopim para que os dois se tornassem o que são hoje.

– O que houve?

– Como assim? – insistiu Viktor.

– Deixem-me explicar do começo...

Ainda na noite de segunda para terça, o delegado e a líder dos Falcões-Peregrinos se confrontaram.

– Finalmente, estamos frente a frente – disse Maurício.

– Finalmente mesmo, delelerdo – sorriu Giovanna, irônica.

– As águias foram melhores que os falcões-peregrinos desta vez.

– Águias? – ela não entendeu. – Prefiro dizer que a tartaruga se aproveitou do cochilo da lebre.

– Tanto faz. Os animais da metáfora são o que menos importa agora. Quero saber como você se tornou a líder dos Falcões-Peregrinos.

– Investigue. Da minha boca não sairá nada.

– Boca fechada é algo estranho para uma apresentadora de rádio – satirizou Maurício. – Você pode me poupar tempo. Afinal, já perdemos muito nesse joguinho, e daqui você vai direto para a penitenciária.

Giovanna movimentou o pescoço numa tentativa de alongamento. Depois, pousou as mãos algemadas sobre a mesa.

– Estas algemas estão machucando.

– Essa dor é mínima comparada ao que você fez na vida de Viktor, de Agnes e de um monte de gente.

– Tudo é culpa minha agora?

– É claro que não. Por isso, Raphael e Luan estão presos também. Aliás, seu irmão já recebeu alta do hospital.

– Hospital? O que aconteceu com ele? Ninguém me fala nada!

– Passou por um procedimento cirúrgico, mas vai ficar bem.

– O que ele teve?

Maurício não respondeu.

– O que ele teve? – ela insistiu.

– Pisou num grampo que ficou preso no pé.

Ela fez uma careta de dor.

– Ele está bem?

– Vai ficar.

– Por favor, cuidem dele.

– Estamos cuidando. Não se preocupe. Mas, pelo que vejo, você se importa muito com Raphael, né?

– É o meu irmão mais novo.

– Verifiquei que vocês não são filhos da mesma mãe.

– Ser irmão de sangue é muito pouco. Ser irmão é muito mais que isso.

– Entendo... – disse o delegado. – Agora, uma coisa me intrigou. O esconderijo era na casa onde você morou quando criança. Raphael não morava com você, imagino que seu pai o trazia para brincar com certa frequência. Aliás, também sei que perderam o pai cedo...

– Já descobriram muita coisa!

– Não há segredos para a polícia.

– Eu era um – e ela piscou, provocativa.

– O fato de terem sobrenomes diferentes atrapalhou um pouco – Maurício continuou, ignorando. – Mas se você colaborar...

– O que você quer?

– Saber mais alguns detalhes.

– Como o quê?

– Outra coisa me intrigou. Uma bicicleta na garagem. Dessa de modelo antigo.

Os olhos de Giovanna marejaram. Maurício notou, porém não se comoveu. Anos de profissão ensinaram que ele deveria ser rígido como uma pedra nesses momentos. Ou, pelo menos, fingir que era.

– O que você fez com ela?

– Segue na garagem. A casa está interditada.

– É a única lembrança que temos do nosso pai.

– O pai de vocês morreu num assalto, certo?

– Foi...

– Como aconteceu?

Ela abaixou a cabeça antes de relatar:

– A gente tinha acabado de ganhar aquela bicicleta. Foi nosso presente de Dia das Crianças. Nesse dia, recebemos o que tanto pedíamos. Era uma daquelas grandes, com bagageiro. Um modelo que nosso pai poderia usar para trabalhar quando não estivéssemos brincando. Ele era pedreiro. E foi num feriado. Meu pai trouxe Raphael para passar o dia em casa. A gente brincava na rua quando passou um ladrão. Ele nos mostrou uma faca e mandou que saíssemos da bicicleta. Assim que ele montou, meu pai apareceu na frente de casa e, percebendo que era um assalto, decidiu reagir, dando um chute na bicicleta e derrubando o ladrão. O homem, então, se ergueu e esfaqueou nosso pai, que foi socorrido, mas não resistiu. A partir disso nossa vida, que já era difícil, ficou ainda mais complicada. A comida rareando. Passamos por muitos apertos. Meu irmão logo começou a roubar. Certo dia, peguei-o em flagrante. Ele disse que não se importava porque já tinham roubado o mais importante da gente, o nosso pai. Desde então, iniciamos nossa vida de bandidos com pequenos furtos. Mas o dinheiro é como uma droga. Ele queria sempre mais. Eu queria sempre mais.

– E como você chegou à rádio Veneza?

– Meu colégio fez uma visita à rádio logo que ela inaugurou, e eu fiquei extasiada com tudo aquilo. E vi a oportunidade de ganhar um dinheiro ali que pudesse justificar um pouco meus gastos. Ou permitir até mesmo que parasse com os roubos. Passei no vestibular pra Rádio e TV, me inscrevi numa seleção de estágio lá e fui aprovada. Na verdade, eu queria sair dessa história de assaltos e roubos, mas o Rapha se envolvia e me metia cada vez mais nos seus planos. Quando percebi, eu levava uma vida dupla. Pelas manhãs, trabalhando na rádio; à tarde, planejando os assaltos e os roubos com meu irmão. Eu dizia sempre que o próximo seria o último. Mas não conseguia parar. Eu tinha dinheiro pra comprar o que bem entendesse, viajar pra onde quisesse, e minha identidade permanecia segura. Até hoje, né?

– Como Luan entrou nessa?

– Assim que ele ingressou na rádio, percebi que não fazia muito a linha do "certinho". Então, me aproximar e confirmar o caráter dúbio, de quem gosta de dinheiro fácil e pouco trabalho, foi o primeiro passo. O segundo, convencê-lo a entrar para os Falcões. E eu precisava de um operador de som na quadrilha para voltar a invadir a frequência da polícia, como fazíamos dez anos atrás, para preservar a nossa pele. Ou penas, enfim... Mas cuide bem de Luan. Talvez ele possa se regenerar. Andava tão arrependido ultimamente... – disse Giovanna com latente ironia.

O delegado Maurício se limitou a assentir com um movimento de cabeça antes de fazer outra pergunta:

– E Vicente? Como você...

– Uma mulher também precisa satisfazer seus desejos de vez em quando. A gente acabou se envolvendo. Foi mais iniciativa dele que minha... Quando dei por mim, estávamos saindo. Mas eu não me sentia totalmente bem me envolvendo com o pai de Viktor. Você vai dizer que é mentira, problema seu. Mas eu tentava me afastar. Vicente é que sempre me procurava... Quer dizer, agora não mais. Mas, delelerdo Maurício, me deixa fazer uma pergunta.

– Quem deve responder perguntas aqui é você.

– Deixa de ser chato. É só uma. Como você chegou à rádio?

– Um telefonema.

– Desenvolva, delelerdo – pediu Giovanna se ajeitando na cadeira. – Vamos!

– Do Ignácio.

– Você o encontrou?!

– Não – respondeu o delegado. – Telefonaram pra delegacia dizendo que um dos radialistas da rádio Veneza estava envolvido. Quando perguntei quem estava me ligando, só obtive um nome: Ignácio. O desertor da quadrilha resolveu me dar uma mãozinha. Mas não citou nenhum nome. Apenas soltou uma pista, como uma ave solta uma pena, e desligou.

– Hum... Ele está foragido até hoje. Tinha tanto medo de mim. Ele era um craque em invadir a frequência da polícia. Por isso, escapávamos sempre de vocês. Até hoje... – ela suspirou. – Ele deve estar muito bem escondido e com mais de sessenta anos, eu acho.

– Sua punição talvez tenha sido viver escondido. Também não conseguimos localizá-lo. Mas, de uma forma ou de outra, eu revistaria a rádio porque você tinha um plano, confere? É por isso que quero fazer só mais uma pergunta. Por que incriminar seu Adalberto?

– Para aquele velho parar de enganar os outros.

– Não entendi. – Havia algo ali, no tom de voz ressentido de Giovanna, que Maurício não captara de imediato.

– Ele não contou que vai vender a rádio?

37

Todo mundo esconde um segredo

– Isso mesmo – Seu Adalberto, o medalhão da rádio Veneza, confirmou para todos ao seu redor na noite daquela quarta-feira.

Todos se olharam espantados. Na sala de convivência, estavam Bruno, Vicente, Camila, Júlio, Padre Homero e Gordão.

– Pai... – murmurou Camila, pondo-se ao seu lado.

– Filha, deixe-me concluir... – e, após um suspiro, seu Adalberto prosseguiu. – Infelizmente, não consigo mais administrar tudo e colocar as contas em dia. Tentei segurar a barra, mas estamos no vermelho há mais de um ano. Não tive outra escolha. Só exigi ao grupo que adquiriu a emissora que se comprometesse a manter, pelo menos inicialmente, o quadro de funcionários.

– Não precisa se preocupar comigo – afirmou Bruno. – Aproveito pra me desligar oficialmente da rádio Veneza. Recebi uma proposta nova.

– De quem? – Camila se espantou.

– Da rádio Capibaribe.

– Nossa principal concorrente! – exclamou seu Adalberto visivelmente decepcionado.

– Não acredito que você fará isso com a gente, Bruno – repreendeu padre Homero.

– Felizmente, a proposta foi muito boa – argumentou o apresentador, ou melhor, ex-apresentador do *Dia Bom*. – Agora, depois de toda essa história da Veneza com a polícia, quase desistiram do contrato. Meu nome relacionado ao dos Falcões... Onde já se viu? A partir de amanhã não venho mais. Podem fazer as minhas contas e selecionar um substituto. – E saiu da sala.

Com certa amargura na voz, Vicente perguntou:

– Alguém mais tem algo pra contar?

O radialista do *Amor e Música* estava desolado. Acreditara que poderia construir uma vida a dois com Giovanna, mas ela o enganara da forma mais vil possível. Aliás, trabalharam lado a lado por mais de dez anos, sem ninguém suspeitar da ladra cruel e insensível que convivia com todos ali diariamente. Aquele ferimento não cicatrizaria tão cedo. Mas cicatrizaria. Ele tinha Viktor, seu conforto e seu refúgio.

– Vou fazer um *show* para gravar o meu primeiro DVD – anunciou o padre radialista, atrapalhando os pensamentos de Vicente e quebrando o clima tenso que se instalara. – Aguardem minhas músicas tocando na rádio.

– E eu vou ser pai – comunicou Gordão. – De gêmeos – acrescentou, franzindo o cenho com ar de desespero.

Os colegas de rádio sorriram diante da careta feita pelo locutor vespertino. Em seguida, todos deram os parabéns aos dois apresentadores.

Após esse ligeiro momento, Júlio respirou fundo e anunciou:

– Acho que a gente também tem.

Seu Adalberto não entendeu:

– A gente?

– Nós vamos nos casar, papai – contou Camila tímida, como se apresentasse seu primeiro namorado.

– Até que enfim, minha filha! Tava feio vocês se encontrando às escondidas feito dois adolescentes.

– Papai! – ela ralhou.

Mas seu Adalberto riu. Riu para não chorar. Mas não conseguiu. E, por isso, recebeu um abraço coletivo de todos aqueles que estariam ao seu lado, mesmo diante da nova fase da rádio Veneza FM.

Desligou a televisão.

– Seu Naná, seu Naná – uma jovem entrou apressada na sala. – Venha pra homenagem. Os meninos prepararam uma apresentação muito bonita.

O senhor se levantou com dificuldade. No rosto, um sorriso, apesar das dores e da doença.

– Por que o senhor tá rindo, seu Naná?

– Notícia boa. Uma notícia boa que passou na televisão. Uma quadrilha que acabou de vez.

– Que bom! Agora, vamos assistir à homenagem das crianças.

– Não mereço, Sofia! Já disse...

– É claro que merece! O senhor abriu uma biblioteca no meio desse sertão e ajuda a manter a creche com seu bendito dinheirinho. É um homem muito bom! Só não entendo por que não deixou aquela emissora de TV fazer outro dia uma reportagem com o senhor. Por que, hein, seu Ignácio?

– Todo mundo esconde um segredo, minha filha.

– Posso deixá-los em casa? – perguntou o delegado Maurício a Viktor e Agnes quando saíram do restaurante. – Sair à noite está meio perigoso... E não quero mais vê-los em perigo.

– Fica tranquilo – disse Viktor.

– A gente sabe se virar sozinho – completou Agnes.

– Sabem, sim – Maurício teve que concordar. – Vou nessa então. O dever me chama. Se cuidem!

O delegado entrou no carro e partiu.

– Acho que vou fazer Enem pra Direito – ela disse. – Dou uma boa delegada.

– Boa ideia! – ele concordou. – E quem sabe eu faça pra Jornalismo e vire repórter policial?

– Taí! Gostei! Formaremos uma excelente dupla!

– Formaremos, não. Já formamos! – E Viktor beijou Agnes.

Em seguida, deram-se as mãos. Observaram os dois lados antes de atravessar a rua.

Caminhariam juntos para sempre.

Agradecimentos

Este livro não seria possível sem a ajuda de amigos muito especiais.

Daywison, pela paciência em escutar as inúmeras vezes em que falei dos personagens desta história.

Gaby Pontes, apresentadora e locutora da Clube FM (Diários Associados), pelo carinho, por abrir as portas da rádio e por tirar minhas dúvidas sobre o mundo do radialismo.

Rhuan, assessor de comunicação, locutor e ex-vizinho, por sanar com todo o cuidado várias dúvidas técnicas sobre o rádio.

Adryelle, pela leitura e troca de ideias, e por chamar minha atenção para a verossimilhança no tocante à jurisprudência.

Anuska, crítica literária e professora universitária, pela análise atenta, conferindo os mínimos detalhes.

Manuela, uma das melhores professoras de Português do Brasil (sem exageros), pela leitura e comentários preciosos.

Camila, Luana e Sara, ex-alunas e agora amigas, por toparem ler e comentar o original, com elogios e críticas, além de ajudar, é claro, na seleção das músicas citadas ao longo da narrativa.

Bel Ferrazoli, pela preparação sempre cuidadosa e carinhosa do original.

Se algum "defeito" persistiu a todas essas leituras e comentários, a culpa é única e exclusiva das decisões feitas pela cabeça-dura deste escritor.

www.cortezeditora.com.br